vejo o mundo nos seus olhos

2015, Editora Fundamento Educacional Ltda.

Editor e edição de texto: Editora Fundamento
Editoração eletrônica: TGK Comunic Ltda. (Márcio Luis Coraiola)
                              Bella Ventura Eventos Ltda. (Lorena do Rocio Mariotto)
CTP e impressão: Fotolaser Gráfica e Editora Ltda.
Tradução: Ana Boff de Godoy
Arte da capa: Zuleika Iamashita

Copyright © 2006 Loredana Frescura e Marco Tomatis em acordo com Fanucci Editore s.r.l., Italy.

Todos os direitos reservados. Nenhuma parte deste livro pode ser arquivada, reproduzida ou transmitida em qualquer forma ou por qualquer meio, seja eletrônico ou mecânico, incluindo fotocópia e gravação de backup, sem permissão escrita do proprietário dos direitos.

Dados Internacionais de Catalogação na Publicação (CIP)

(Maria isabel Schiavon Kinasz)

F884	Frescura, Loredana
	    Vejo o mundo nos seus olhos: Duas histórias de um amor / Loredana Frescura e Marco Tomatis; [versão brasileira da editora] – 1. ed. – São Paulo, SP : Editora Fundamento Educacional Ltda., 2015.
	
	    Título original : Il mondo nei tuoi occhi: Due storie di un amore
	
	    1. Ficção italiana I. Título
	
	                                                                       CDD - 853

Índice para catálogo sistemático:
1. Ficção: Literatura italiana 853

Fundação Biblioteca Nacional

Depósito legal na Biblioteca Nacional, conforme Decreto nº 1.825, de dezembro de 1907.
Todos os direitos reservados no Brasil por Editora Fundamento Educacional Ltda.

Impresso no Brasil

Telefone: (41) 3015 9700
E-mail: info@editorafundamento.com.br
Site: www.editorafundamento.com.br

Este livro foi impresso em papel pólen soft 80 g/m² e a capa em papel-cartão 250 g/m².

vejo o mundo nos seus olhos

ONYRIA

Um agradecimento especial a Cecilia Fabbri,
fada madrinha deste livro.

Com afeto.

Capítulo 1

Constância. Hoje Constância cria caso

Treta pesada, como um caminhão puxando outro.

Desculpe, professora, não digo mais *treta*. Eu sei que não é elegante nem educado. Confusão. Caos. Linda essa palavra. Qual é a teoria do caos? Ah, sim... O bater de asas de uma borboleta no Japão pode provocar um terremoto na América. Acho que errei o lugar. Quem se importa? *Deixa a vida te levar.* E para onde me leva o querido Papai Noel? Para esta ridícula estação desta cidade ridícula, em frente aos reluzentes trilhos paralelos. São paralelos, mas, se eu me deitasse sobre eles e os medisse com o corpo, tenho certeza que encontraria um ou dois milímetros de diferença entre o quilômetro 1 e o quilômetro 2. Tenho certeza. Todos mentem. Vou provar. Eu me deito e durmo. Mentem quando dizem que 17 anos é *a* idade. Mentem quando dizem que o tempo cura tudo. Mentem quando dizem que o pior já passou e mentem quando sustentam com tanta convicção que o amor não morre nunca. Até mesmo as músicas afirmam essas mentiras.

Eu não me deito, de fato. Quer ver que esses humanos indiferentes a tudo, por medo de perder o trem, vêm me salvar?

Por que eu o deixei ir embora? Por quê?

Ele está lá, nos outros trilhos, também paralelos, e vai embora. Por minha culpa. E eu estou aqui. Deveria estar na escola esta manhã;

manhã que parece noite. E eu pareço uma velha de cem anos, cheia de lembranças. E deixo que ele vá embora.

Ele continua lá, com a passagem na mão. Você deve *obliterá-lo* da sua vida. Droga. Esquecê-lo, apagá-lo da sua vida. Está bom assim, professora? Validar. Você precisa furar a passagem, se não, leva uma multa. Escondo-me atrás de uma floreira. Tem uma formiga em cima de uma folha. Encosto o dedo nela, ela não foge. Melhor assim. Devo me considerar feliz. A formiga não escapa. Ele sim.

São só três paradas e ele já estará em casa. Só três paradas. Isso não é nada. Eu o verei amanhã e, então, conserto tudo. Quem sabe até me jogue aos seus pés e suplique. Mas, se ele for embora agora, não irá voltar. Não para mim. Vai continuar na sua escola técnica, aprendendo a fazer trilhos paralelos.

Uma voz feminina distorcida e rouca anuncia que o trem está chegando na hora prevista na plataforma 12. Ele também está atento a isso. Vejo em seus olhos de avelãs. Avelãs. Quando se rompe a casca, elas saem correndo. Desde quando um trem chega na hora prevista? Só mais um tempinho... Quem sabe encontram um pacote suspeito e chamam o esquadrão antibombas; quem sabe um passageiro distraído puxa o freio de emergência. Essas coisas poderiam acontecer, não? Por que não agora? Quem sabe, quem dera.

Finalmente um pouco de vento para secar estas malditas lágrimas. As mulheres choram mais do que os homens. Isso é verdade. Porque ele não chora. Está fulo da vida. Mas o que eu estou dizendo? Ele está *dolente*. Sim, professora, estudei o capítulo de Dante. A cidade dolente. *Inferno: composto por 33 cantos e estruturado em forma de funil, subdividido em círculos*[1]. Eu o vejo como uma estação não muito cheia de gente onde a dor vai e vem como bem entender e não se preocupa em qual terminal deve ou não parar.

O vento faz com que a formiga fuja. Porcaria de vento. Meus cabelos balançam à minha frente, então se erguem e acabam cobrindo o meu rosto. Os cabelos enxugam minhas lágrimas. Essa é ainda melhor. Até o Evangelho invade meus pensamentos essa manhã. O vento sopra e preenche tudo. Até a jaqueta dele se enche de vento enquanto ele observa a chegada do trem. Está com cara de pássaro pré-histórico. Tem os olhos de um predador. Então, vejo que ele está feliz em ir embora. Sim, está. Ajeita a mochila nas costas, dá um passo à frente e o sapato quase prateado manchado de café com leite fica encoberto e ali está toda a dor. No sapato, na mancha. Está bem ali, até na meia. E quando levanta o rosto, não sei como, a passagem lhe escapa da mão. O vento a leva. É ele quem irá validá-la. Não se preocupe, amor. Por um instante o vento a faz dançar, depois a sopra para cima e por fim, cansado do jogo, deixa que ela caia. Está aqui a sua passagem, eu gostaria de lhe dizer. Só a plataforma é que está errada. Não posso deixá-lo embarcar sem passagem. A multa, o fiscal, os estudantes que sempre tentam dar um jeitinho de embarcar sem pagar, os jovens que acreditam que podem ter tudo. Seria demais para ele em uma só manhã. Eu mesma vou pegá-la. Ela está exatamente entre os trilhos. Assim eu aproveito e os meço. Está bem em cima de uma dormente cheia de lenços de papel sujos, contornados por cascalho. Está aqui, não se preocupe. Estou vendo perfeitamente. A passagem é brilhante. Por que será ficou brilhante? Talvez porque você tenha pegado nela. Você deve estar com as mãos cheias de flúor.

Por que todo esse tumulto agora? Por quê?

Ouço um sibilo fortíssimo. Uma cafeteira que explode. Os berros, os gritos. Um guincho. *Caraca*, só um instante, eu preciso pegar a passagem. Mas o que há com todo mundo? Vocês não entenderam? A passagem é do meu amor, que está indo embora daqui. Que está indo embora de mim. Respeitem um pouco este momento. No fim das contas, um amor nunca é igual ao outro. É algo que pega você de surpresa, que espreme e cria... O caos. Agora ele quer a passagem. Isso também é amor. Ele precisa ir.

Por minha culpa. Constância que cria caso. Caos.

Capítulo 2

Ângelo. Hoje

Tonta! Estou vendo você. Você está lá. Está olhando para mim.

Mas o que você quer? Está bem. Olhe o quanto você quiser. Mas eu não vou falar nada. Não vou mover um músculo. Se você quiser falar comigo, então venha até aqui. Grite o meu nome, faça um sinal com a mão, assobie, mande uma mensagem ou me chame no celular, mande um sinal de fumaça, abane uma bandeirinha.

Faça o que quiser, mas se apresse. O meu trem já foi anunciado três vezes.

Plataforma 12

Ora essa! Voltei a ler ao contrário. Há alguns anos eu não fazia isso. Desde o 6º ano, quando chegou uma professora substituta terrível que berrava, dava notas horríveis, estava sempre zombando da gente e nos puxava as orelhas quando respondíamos errado. E bem nessa época morreu minha vó. Eu sentia falta dela. Muita falta.

E, então, voltei a fazer xixi na cama. E a ler ao contrário, espelhado. Não. Os livros não. Os livros eu continuei lendo normalmente. Mas essas coisas escritas na rua.

Farmácia

Ângelo. Hoje

Padaria

Eletricista

Era uma nova língua. Minha, só minha. Que me permitia sair de um mundo que me fazia sofrer e entrar em outro, ao contrário, que só eu compreendia e no qual eu podia estar sozinho.

E eu odiava os palíndromos. Aquelas palavras que podem ser lidas igualmente de frente para trás ou de trás para frente. Eu sabia todas de cor.

Ana. Anilina. Arara. Rotor. Socos. Seres. Sopapos. Não... Elas perturbavam a minha nova ordem. Faziam-me entender que não se pode modificar a realidade somente lendo essa realidade ao contrário. Ela vem à tona sempre.

E até agora é uma sequência interminável.

Proibido atravessar pelos trilhos

Utilizar a passagem subterrânea

Seja como for, eu não vou falar nada. Não vou me mexer. Assim você aprende. Aprende a responder às minhas mensagens. Aprende a não bater o telefone na minha cara.

Quem sabe por que ainda se diz "bater o telefone na cara"? Há anos não se faz mais assim. Pelo que me lembro, meu avô ainda tem um telefone que dá para bater. Em todos os outros, basta apertar o ícone vermelho na parte inferior, à direita. Está bem, não importa. Assim você aprende a não apertar o ícone vermelho na minha cara.

Quantas vezes você fez isso? Não contei. Contei sim. E me lembro de todas elas muito bem. Houve um dia que liguei quinze vezes para você.

Beep beep

Então, dois sinais de chamada. E eu imaginando o tom da chamada, aquele que eu tinha lhe dado de presente. Eu imaginando o telefone tocando e você com ele na mão, apertando o ícone verde. Mas, em vez de ouvir a sua voz dizendo: "Alô!", escutei isso.

Beeeep

Chamada encerrada.
Eu passei a odiar a tela do meu celular.
E se eu tentar novamente?
"Mensagem gratuita. Este telefone está temporariamente desligado ou fora da área de cobertura."
Se não fosse uma gravação, teriam me denunciado, porque foram tantas vezes que mandei à...
Mas você não atendia nem mesmo quando eu ocultava o número. E nem quando eu liguei para você com o telefone do Roberto. Você viu o número, reconheceu e entendeu que era eu. E, então, para conseguir falar com você, tive que torrar uma grana para comprar um cartão novo. Cartão novo, *chip* novo, número totalmente desconhecido. Inseri tudo no meu celular e liguei pra você. Você viu um número desconhecido e atendeu.

– Alô?! – seu tom de voz estava esnobe. Mas com quem você achava que falaria?

– Sou eu – respondi um tanto hesitante.

Chamada encerrada.
Maldita tela.
Você sempre foi rápida para apertar o vermelho. Como se tivesse treinado durante toda a semana. E talvez tivesse treinado mesmo. Em vez de treinar vôlei, treinava apertar o maldito botão. E vai ver que a outra doida, a sua amiga, cronometrava tudo.

E agora eu tenho dois *chips*. E não sei o que fazer com um deles.

Chegada

Partida

Odeio esta estação. Já estou de saco cheio de vir aqui.

Não gosto deste lugar cheio de camelôs gritando, das senhoras se empurrando, das pessoas com o cansaço escrito na testa a qualquer hora do dia.

Não gosto da luz fosforescente que não permite saber se lá fora está chovendo ou se faz sol, se é dia ou noite.

Não gosto do cheiro de fritura do bar.

Não gosto dos sanduíches plastificados e replastificados que não deixam você saber se prestam para comer ou não, mas que dá no mesmo porque o sabor é sempre igual. Sempre iguais, de um dia para o outro, como se fossem do ano ou do século passado.

Não gosto dos atendentes dos caixas que olham para todos que têm 30 anos ou menos como se fossem delinquentes.

Mas, quando eu era criança, gostava das estações de trem. Eu gostava do cheiro. Gostava dos trilhos que partiam em direção ao infinito sem jamais se tocarem. Gostava dos trens que iam para longe e que vinham de longe.

Eu olhava para aqueles que chegavam da cidade dos meus avós e era como se eles trouxessem um pouco deles para cá, para mim. Gostava de pensar que talvez eles tivessem visto aquele trem e sentia um pouco do olhar deles pousando sobre mim.

Acredita que eu pensava o mesmo de você? Quando eu estava esperando o trem para vir para a escola e via chegar um trem que saía desta estação, eu pensava que talvez você tivesse olhado para ele. Quem sabe tivesse até olhado fixamente para alguma janela, para o desenho, para os escritos que, naquele momento, estavam sob o meu olhar. Como se você soubesse que eu também olharia para aquilo que você havia olhado.

Agora eu odeio os trens. Eles fedem. Mas por que o meu não chega?

Sim! Eu sei. Você está sempre aí. Agora o vento moveu os seus cabelos e seu rosto está escondido. Eu sempre gostei da forma como seus cabelos balançam quando você mexe a cabeça.

Não suporto ver você ali. Voltada para mim. Com aquela expressão desesperada. Mas por que você não vai embora? Não há mais nada a fazer. Nada de nada. Tudo acabado. Tudo.

– Ei! Garoto!

Mas o que esse gorducho quer de mim? Quer tirar uma onda?

– Garoto! Você está apaixonado? Não viu que a sua passagem voou da sua mão?

Caraca! É mesmo! Onde foi parar? Ah, está lá. Indo direto para os trilhos do trem... Merda! Agora vou ter que descer até o lastro. Mas o que aquela tonta está fazendo? É doida!

– Constância! CONSTÂNCIA!

Ah, nãããããão!

Capítulo 3

Constância, dois meses atrás
O amor que está chegando

Faça com que seja ele. Faça com que seja ele, espírito cheio de graça, e, em troca, eu lhe dou um cacho dos meus cabelos. Você pode fazer uma roupa para o inverno com ele. Maldito celular que não pega dentro da aula de química. O celular da Clara é melhor; está mostrando três pauzinhos na força do sinal. O nó no estômago aperta. Dói sem parar.

– Mas o que é que você tem? Parece uma zumbi! – exclama Clara.

– Nada, o de sempre, uma vez por mês.

– Então você tem que ver o que está acontecendo. Já é a terceira vez neste mês.

Clara sempre se lembra de tudo. É muito atenta. Marca tudo o que acontece no seu calendário. As menstruações, a lua crescente (boa para cortar os cabelos), a lua minguante (ideal para se depilar), a tarde perfeita para ir ao shopping. E se tudo fosse assim, tão simples? Colocar todas as coisas em seu lugar, em uma ordem, e poder controlá-las?

Por que eu não consigo fazer isso? Desde que eu o encontrei, não consigo pensar em mais nada.

– Desculpe, professora, eu estava distraída. Fórmula?!

– Sim, Constância, a fórmula. Do quê? Imagino que você queira saber. Está certo, é um direito seu. Tente, e eu digo se está quente ou frio, está bem? – ironiza a professora.

Os vinte e um traidores caem na risada. Risadas libertadoras. Eu nem fico vermelha. Aprendi a não ficar. Dou risada também e engulo em seco, devagar, de um modo que não chame muita atenção. E volto para dentro de mim. Não consigo pensar em outra coisa. É como uma espécie de prego fincado em meu cérebro. Dor chama dor.

Se eu estivesse verdadeiramente apaixonada, estaria feliz, veria coraçõezinhos cor-de-rosa nas paredes da sala de aula e uivaria para a lua.

Então, o que é isso? Um lobo feroz que galopa dentro do estômago e faz um massacre nas vilosidades intestinais e nas outras coisas que se movem.

– É a fórmula do bicarbonato de sódio – responde Constância.

– Muito bem, Constância. Bem-vinda entre nós! Por quanto tempo teremos a honra da sua presença?

Agora você me encheu o saco, querida queridíssima professora Laura Penteado. Loira, alta e irônica. Nem mesmo Clara olha para mim. O celular não pega. Está sendo um dia nojento. O amor deve ser outra coisa, tenho certeza disso. E, além disso, não é possível se apaixonar por alguém que você viu na estação, quase perdido entre as plataformas, com a mochila pendurada em um dos ombros e com os olhos quase fechados. Eu achei que ele fosse míope e tivesse esquecido os óculos ou que os tivesse deixado cair e tivessem estilhaçado. E a Clara fica me empurrando para pegar o lugar mais perto da janela do trem que, como sempre, está atrasado; e o Luís, com seu pacote de papel castanho cheio de castanhas dentro, estende o braço e me atinge em cheio. Então, eu caio como fruta madura de um jeito tão deselegante que não tive como não ficar vermelha. Caio sentada, com as pernas para cima. A mochila amortece o impacto nas costas. Mas a dor não é nada se comparada com a vergonha. Todos riem. Em vez de me ajudar, Clara segura a barriga de tanto rir, a cretina. Luís também ri e o mesmo faz a senhora de collant brilhante e saia cor de laranja, que passa correndo, virando a cabeça. Senhora cor de laranja, mulher de um padre! Que sete dos seus dentes da frente se encham de cáries! Então, alguma coisa me levanta. Um guincho? Dentro da estação? Longos braços, cheios de ossos e mãos cobertas por luvas. Agora estou novamente em posição ereta e Clara está com os olhos arregalados. Será que estou sangrando em algum lugar?

Não tenho fôlego para perguntar. Estou com uma dor terrível nas costas e nas coxas.

Lanço um olhar fulminante para o Luís.

– Desculpe, Consta, eu não fiz de propósito – desculpa-se ele.

– Uma ova! – é o que consigo resmungar.

O guincho ajeita a gola da minha jaqueta. O guincho?

Clara olha para ele atordoada. Finalmente eu consigo enxergar. Aquele míope. E não está rindo.

– Tudo bem?

E quem consegue responder? Eu devia carregar uma máscara de oxigênio na mochila. Isso seria um alívio.

Sou tomada por uma espécie de comichão por todo o corpo. Varicela? Sarampo? As pernas, que já passaram por uma boa prova, tremem como gelatina. Eu tremo. Ele tem uns olhos... Talvez sejam três. Sim, tenho certeza de que são três. Todos lindíssimos. E mudam de cor conforme a luz incide sobre eles. Nunca vi olhos assim. Nunca vi ninguém com três olhos.

Então, ele desaparece. Como um alienígena. Está chegando um trem na plataforma 12 e ele corre para pegá-lo. Desaparece, mas não imediatamente. Ali, onde estava, fica uma espécie de perfil longo e ossudo. E eu fico perdida, olhando para ele. Fico líquida. Água quente. Então, eu também disparo. Anos de treinamento me ensinaram a disparar. Eu o alcanço antes que o trem pare.

– Ei, você! Obrigada!

– De nada. Mas está tudo bem, realmente?

– Acho que sim.

– Que bom. Você caiu bem.

– Dá para cair bem?

– Claro que sim. Você pratica esporte, não é?

– Vôlei.

– Eu, futebol.

– Muito prazer.

Agora, ele ri.

– É um reflexo estranho esse de rir quando alguém cai.

– Mas você não riu.

– Só porque já riram muito de mim. Eu me lembrei disso.

Alguém que se lembra. Nada mal.

– É este o seu trem?

– Sim. Três paradas e estou em casa.

– Passa o seu número para mim? Assim, se eu cair de novo, posso chamar você.

Audaz. Sinto-me audaz e um pouco idiota. Mais do que idiota.

Ele ri de novo e parece que até as janelas do trem estão rindo. Um mundo inteiro se abre quando ele ri. O abismo do mundo, como a Boca da Verdade[2], de onde você nunca sabe o que pode sair. O inferno. As lembranças. As coisas pensadas pelos outros e botadas fora. Então, sinto um cheiro. Sorvete de pistache. Ele tem cheiro de pistache. O número.

Eu o memorizei. Imediatamente. Números fáceis e muito bonitos. E ele não é um alienígena. Um anjo. Ângelo. Diz seu nome num sussurro, como se fosse um segredo. Eu o repito cinco vezes. Os dedos de uma mão. Então, tento com a outra. Sempre lindo. Eu queria gritar: eu sou a Constância! Mas não sei se a voz consegue sair. Talvez saísse uma "Cstcia", o nome de um planeta a ser descoberto. É que tem alguma coisa arranhando a garganta. Olho para ele e penso em um guincho chamado Ângelo. Grande idiota. A única coisa que consigo pensar é que, se ligar para esse número que está na minha cabeça, o Ângelo atende. E ouço a sua voz de pistache. E alguém me mantém em pé. Importantíssimo porque, agora, tudo está girando. Então, o trem está indo embora. Estou tonta. Mas ainda consigo me surpreender comigo mesma. Na janelinha suja de gordura e fuligem atrás da qual ele se sentou, movo meu dedo e escrevo meu número, ao contrário, de modo que ele o leia com mais facilidade. Escrevo e me espicho toda, tropeçando atrás do trem que parte. Antes que a janelinha vire uma sombra indistinta, vejo novamente o seu sorriso. Tem alguma coisa líquida nele. Xarope de mel. Perfume de açúcar. Bala de limão. Bom para boca seca.

Clara me alcança e me segura pela mochila.

– Você é louca?

– Deixe eu sonhar – mas acho que saiu algo como "Dx snhr". Frase alienígena. Como sempre.

Você está entendendo, querida queridíssima professora Penteado, que a química está tão fora de questão quanto a neve no verão?

Se eu for ao banheiro... Talvez se abrir a janela, o sinal seja mais forte.

– Termine logo com isso. Ligue você.

– Não, eu não.

– E por que não? Um mico a mais, um mico a menos, que diferença faz?

– Que bela amiga você é.

– É para isso que servem os amigos. Para chamar sua atenção quando você perde a cabeça. Você parece uma abobada.

– Deve ser o inverno. Talvez neve, é o que estão dizendo.

– Agora o frio está congelando sua cabeça. A professora quer que você vá até a mesa dela. Quer fazer uma provinha para você.

Não é possível. Que parte do filme eu perdi? O mundo está girando muito rápido.

– Desculpe, professora. Gostaria de me justificar.

– Pelo quê, Constância? Ora, pelo amor de Deus, não é preciso. Nota 3 e os meus cumprimentos. Esse ser humano que está reduzindo seu cérebro a um mingau com certeza é mais importante do que o bicarbonato de sódio.

Dessa vez, ninguém ri, ninguém se move. Se ela não fez perguntas para mim, então sabem que será a vez de algum outro. Um 3 em química. E quem vai contar isso para os meus pais? Ninguém. Ninguém vai contar. Para isso existe o computador. O diretor da escola quis fazer a informatização dos registros. Nem mesmo um incêndio poderia apagá-los. A única coisa que pode trazer alguma esperança é um apagão. Sem eletricidade, o maldito computador ficará de bico calado.

Bem, tenho que recuperar isso. Sempre há tempo para se recuperar. O importante é que ele me ligue. Talvez agora ele também esteja estressado com uma prova. Ou esteja juntando outra maluca que caiu no chão.

A dor de estômago aumenta. Os intestinos se contorcem. Talvez, se eu cruzar os dedos, ele me ligue. Se eu pensar com bastante força, talvez o maldito telefone toque. Talvez eu tenha a capacidade de fazer com que as coisas aconteçam. Como é que isso funciona, então? Quem sabe haja um ícone para tocar, uma senha para digitar. Quem sabe haja uma maldita fórmula para decorar. Eu tenho uma memória formidável. Ligue para mim, Ângelo...

Uma outra chance! Agora vai dar certo! Eu imploro, suplico. Ligue para mim!

– Pare de se mexer na cadeira. Faz tremer toda a mesa.

– O que você está fazendo, Clara?

– Ah, mas, então... Olhe só, esta é a aula de matemática e aquele é o professor Alberti. E nesta folha está a tarefa que temos que fazer. Chega, Constância, você está doida ou o quê?

Meu Deus do céu. Quando isso foi acontecer?

O amor que está chegando é devastador. Não é um temporal. É uma bomba que ensurdece, que cega, que anula a dimensão do tempo. Tudo desaparece. Desaparecem as cores, os cheiros e os sabores. Desaparecem todos os outros seres humanos e você fica assim, contemplando o nada. É terrível. O amor que está chegando. Não existe o presente. Você entende, professor? Não existe nenhum presente, nem do indicativo, nem do subjuntivo. No máximo, existe o condicional. Só se pode viver nas lembranças do passado ou no futuro, à espera de que ele, o cara da bomba, chegue.

Eu imploro, guincho, me telefone! Eu quero ouvir a sua voz de pistache. Eu quero me tornar uma bala de limão. Ó grande espírito, eu lhe faço um lindo casaco se você tocar essa criatura maldita. Mas para que um casaco? No fundo, os espíritos estão dentro das cabeças das pessoas e vestem as roupas que as pessoas querem! Além disso, entre anjos e espíritos não deveria haver uma espécie de amizade? Ou, pelo menos, um não deveria ajudar o outro reciprocamente? Uma espécie de socorro mútuo?!

Bala de limão. Eu sempre detestei limão.

Capítulo 4

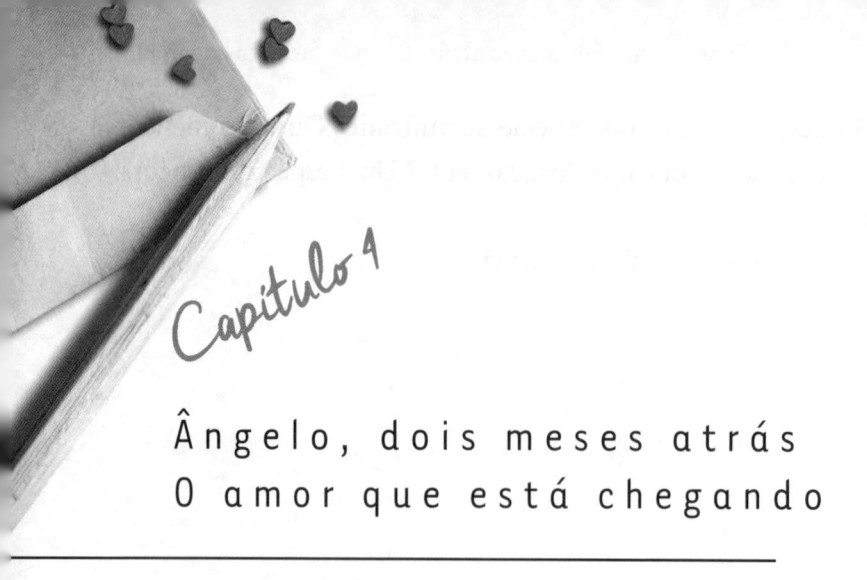

Ângelo, dois meses atrás
O amor que está chegando

— O que você fez?

– Eu já lhe disse.

– Sim, mas me faça entender direito. Uma garota que, entre parênteses, você já tinha notado na estação, mas a quem não tinha ousado dirigir a palavra, pede o número do seu celular, segue você até o trem, escreve o número do telefone dela na sua janela...

Eu o interrompo.

– Ao contrário. Ela escreve ao contrário.

Sei que é estranho, mas isso foi a coisa que mais me tocou. Como ela conseguiu escrever ao contrário assim tão rápido? Eu tentei fazer isso, mas não consegui.

– Sim, eu estava me esquecendo. Ela escreveu o número ao contrário para que você pudesse ler mais facilmente.

Roberto faz uma pausa. Eu já sei o que ele quer dizer. Ou sei mais ou menos. Ele está só tentando ser o mais teatral possível.

– Em poucas palavras, ela praticamente se ofereceu para você em uma bandeja de prata e você não vai nem ligar para ela? De fato, você é um idiota. Sem cura. Mesmo que você não estivesse a fim dela... Vá! Cara, saia dessa! Ou melhor...

Ok. Ele se toca e se cala. Deve ter percebido a minha cara de indignação. Não só por se referir a Constância assim, mas a esse tipo de pensamento vulgar.

E então confesso a minha fraqueza, com a qual estou brigando há dois dias.

– Eu já lhe disse: não tenho coragem.

Roberto faz um gesto de desespero que significa mil e uma coisas, mas tudo se resume a uma só: fique esperto! Mas isso não é questão de esperteza. É medo.

– E se ela não quiser falar comigo? Ou se desligar assim que vir meu número na tela do celular? E se me tratar com frieza? Ou me responder monossilabicamente? E se ela tirar uma onda comigo? E se tudo isso foi uma pegadinha e ela e sua amiga estiverem só esperando que eu ligue para rir da minha cara?

Roberto continua minha cantilena.

– E se minha vó andasse sobre rodas?! – ele ironiza.

Pit aparece na porta do banheiro. Na verdade, o nome dele não é Pit. Esse é um apelido que lhe demos no primeiro dia de aula porque ele se parece com um pit bull. Confesso que me envergonho disso, pois fui eu que inventei essa história. Espero que ele jamais descubra isso.

– Ei, vocês, Barbosa está caçando – avisa Pit.

Barbosa é um professor sacana. Toda manhã ele faz uma inspeção nos banheiros a fim de pegar quem está fumando. Quando está de bem com a vida, faz só umas duas ou três inspeções por manhã.

Eu não fumo, Roberto tampouco. Mas, no banheiro, há uma nuvem azulada constante que, em comparação ao inverno nas pradarias italianas, é um lindo dia de verão.

Então, para evitarmos problemas, saímos do banheiro. De qualquer forma, em cinco minutos toca o sinal para o intervalo, o que significa que está na hora de comermos alguma coisa.

– Mas eu sei onde ela mora.

– E como você descobriu?

– Perguntei por aí. Descobri seu sobrenome, Luna, e mais ou menos onde mora. Depois, procurei na internet e, por fim, encontrei.

Paro. De fato, essa noite eu fiquei acordado até às 2 horas, mexendo no computador. Comecei procurando todos os endereços dos Luna que moram na cidade e descartando aqueles que moram mais longe da sua região. Por sorte, não há muitos Luna. Então, liguei para aqueles que pareciam mais prováveis, um por um. Ligava e perguntava: "Poderia falar com Constância?" Na quinta tentativa, uma voz masculina um pouco irritada gritou: "Constânciaaaa! É para vocêêê!"

Então, depois de ter desligado o telefone a uma velocidade supersônica antes de ouvir a voz dela e de me certificar que meu celular estivesse mesmo programado para mostrar "desconhecido" em vez do meu número, comecei a procurar nos mapas da cidade a rua onde ela mora.

Fui dando um zoom cada vez maior na esperança que, dessa forma, ela pudesse pular da sua casa para a tela do meu computador. Ela poderia acenar para mim da sacada da casa, não poderia? Em alguns momentos, cheguei mesmo a acreditar nessa fantasia. De qualquer forma, olhando desse jeito para o mapa, eu a sentia mais próxima. Quase como se estivesse ali, comigo.

– Você é um abobado!

– Eu também fui até a casa dela.

Roberto não fala nada. Só fica me olhando perplexo.

– Ontem à tarde. É meio confuso. É um condomínio grande e na encosta de uma colina, com milhares de escadarias e escadinhas e, pelo menos, quatro portões de entrada. Demorei um pouco para encontrar o edifício dela. Já estava escuro, mas consegui ver o apartamento onde ela mora. Tinha o sobrenome dela no interfone. Acho até que consegui identificar a sacada do apartamento. É no primeiro andar de um lado e no térreo de outro.

– E então...

– E então nada. Chegou a polícia.

Roberto me olha mais perplexo ainda.

– A polícia?

– Sim. Estava escuro e alguém deve ter me visto zanzando por ali, observando tudo. De fato, a certa altura me escondi atrás de um grande vaso com uma planta meio alta e que cheirava a xixi de gato. Constância estava entrando em casa e eu não queria que ela me visse.

Roberto fica mudo. Para alguém que sempre quer estar no centro das atenções e está sempre interrompendo os outros, é um bom resultado. Então, eu continuo.

– Mas tinha uma senhora na janela. Ela me viu abaixado atrás do vaso. E talvez tenha me visto enquanto eu escrevia com giz. E deve ter sido ela quem chamou a polícia.

– Você escreveu com giz?

– Sim. Eu tinha pegado um pedaço de giz na escola e estava escrevendo na calçada do prédio.

– Escrevendo o quê?

– Oi.

– Ãh?!

– Sim. Eu estava escrevendo um 'oi'. Mas bem grande.

Posso ver que Roberto tem mil perguntas que querem saltar da sua boca. Porém, é inútil explicar a ele que eu gostei de escrever aquele "oi", mas que não tive coragem de escrever o *meu* nome. Inútil explicar tantas coisas. Na verdade, estou até arrependido de ter contado tudo isso a ele.

A pergunta que se segue, porém, é inocente.

– Eles chegaram rápido? A polícia, eu quero dizer?!

– Na verdade, acho que levaram uma hora. Mas eu ainda estava lá. Eu tinha decidido esperar. Se ela saísse...

Roberto continua me olhando em silêncio.

– Se ela saísse, eu teria deixado que me visse.

Não é verdade. É uma mentira na qual talvez Roberto acredite, mas eu mesmo não consigo acreditar. Digo isso só para não passar por completo idiota. Se Constância tivesse saído, eu teria me escondido novamente. O que eu diria a ela? Que a estava esperando? Ela riria de mim. Que eu tinha escrito "oi" na calçada? Ela poderia rir disso por décadas, junto com suas amigas. Além disso, no escuro, poderia me confundir com um maníaco sexual.

– E o que a polícia fez com você?

– Nada. Pediram meus documentos. Depois me fizeram abrir a mochila. Até que foram gentis.

– E você?

– Entreguei a carteira de identidade. E melequei toda a mão com uma banana que tinha esquecido na mochila desde a semana passada.

– E então?

– Então, nada. Já disse. Perguntaram o que eu estava fazendo ali. E eu falei a verdade...

Faço uma pausa, observando a expressão de Roberto.

– Tá, mais ou menos a verdade...

– Isto é...

– Eu disse que estava esperando uma amiga, porque tinha um encontro com ela. Que ela morava ali, mas não tinha aparecido. Também não tinha atendido o celular. Então, eu esperei um pouco e já estava indo embora.

– E eles?

– O mais velho começou a rir. Olhou para o "oi" na calçada e falou uma coisa estranha. Jamais imaginei ouvir uma coisa assim saindo da boca de um policial. Ele me disse para não acabar como Pavese.

– O que ele quis dizer?

– Nosso professor de italiano já explicou isso. Uma vez, Pavese, um escritor, esperou durante horas, debaixo de chuva, pela garota pela qual estava apaixonado.

Oh, meu Deus! Eu disse isso!

Apaixonado.

Como se estivesse escrito em negrito.

Apaixonado.

Ou gritado em maiúsculas.

APAIXONADO.

Mas eu já sabia disso. Nunca havia me sentido assim antes. Posso até dizer com precisão o momento em que isso aconteceu. Quando Constância escreveu na janela do trem, ao contrário...

DRINNN

O sinal do intervalo estoura os tímpanos. Lúcia, a auxiliar de disciplina, diverte-se tocando o sinal sem parar.

Enquanto isso, chegamos à banca de sanduíches. O dono da mercearia da esquina manda, durante os intervalos, o seu filho cheio de furúnculos vender batatinhas, sanduíches de presunto, pizzas e pedaços de tortas tão duras que precisam de uma serra elétrica para cortá-las.

Sou o primeiro da fila. Poderia escolher com calma. Ainda que a escolha não resulte, de fato, em grande coisa.

Mas eu não estou com fome. Nenhuma. Então, dou meia volta e saio dali antes que o mar de gente que chega ao pátio vindo dos quatro andares do prédio avance sobre mim. Quero ficar sozinho.

Até porque tem uma coisa que eu não disse para o Roberto. Ela me ligou hoje de manhã. Vamos nos encontrar hoje mesmo, às 16 horas, na estação.

Capítulo 5

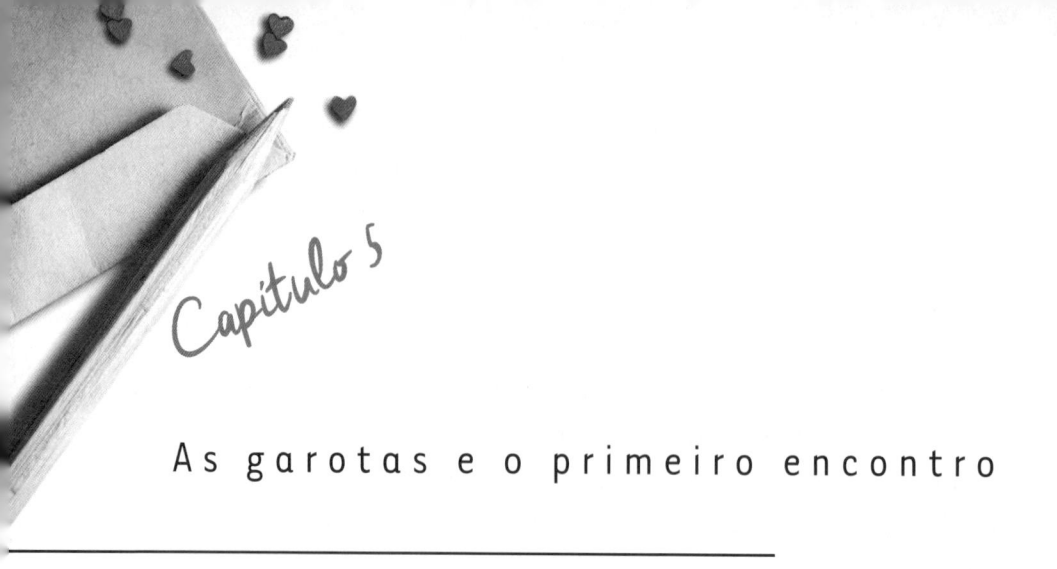

As garotas e o primeiro encontro

— Até que enfim você se rendeu! Você telefonou!
- Então... Quem sabe, assim que o trem saiu da estação, começou a chover e a chuva apagou os números? Quem sabe eu errei e escrevi 8 em vez de 3. Quem sabe alguém puxou a janelinha para baixo e adeus números?
- Quem sabe, quem sabe... Sempre esse seu mesmo refrão. Seja como for, você não sabia que já faz um bom tempo que não se pode mais abrir as janelas dos trens?
- É mesmo? Não tinha me dado conta. Nada escapa a você, não é, Clara?
- E você acha isso bom?
- Não sei. Só sei que, para mim, tudo é como um sonho. As coisas acontecem assim.
- Assim como?
- Assim... Em momentos pelos quais você não esperava, e que são momentos perfeitos; em lugares que você frequenta todos os dias e que, de repente, parecem diferentes, mágicos.
- Onde vocês vão se encontrar?
Sorrio.
- Na estação, às 16 horas.

– Lugar romântico, realmente. Um percurso verde: seguindo os canteiros cheios de cocô de cachorro, vira à direita e oh!... sanitários cheirando a xixi e com algumas seringas misturadas a lenços de papel sujos sabe-se lá do quê. Ou, quem sabe, na saída, você encontra o Luís oferecendo castanhas e, quem sabe ainda, nossos colegas de aula.

– Oh, meu Deus. Eu não tinha pensado nisso.

– É esse o problema. Você não pensa.

– Bom, de qualquer forma, acho que vale a pena.

Está prestes a nevar, eu sei, estou sentindo. Quando neva, tudo pode dar errado. Mas dou um jeito de chegar à estação, nem que seja a pé, caso neve muito forte. Escurece cedo nesta época do ano. Melhor assim. Eu gosto de caminhar sob as luzes dos postes, que fazem sombras monstruosas. Clara abriu o armário. O meu quarto está uma bagunça terrível. Até eu estou incomodada com isso. Mas, bem... Não sei o que vestir. Não tenho absolutamente nada adequado para usar.

Pela janela, a cidade parece estar longe. Uma parada de trem. Duas paradas a mais. O vidro deixa meu rosto gelado, e isso faz com que a minha dor de estômago diminua um pouco. Não consigo comer. Mas como pode isso? Clara me disse para dar uma volta. Ela tem razão. Eu sou mesmo uma boba. Uma doida. O que eu sei sobre o amor? Devia fazer uma pesquisa. Selecionar uma amostragem de pessoas de idades diferentes e com profissões distintas e fazer a mesma pergunta. Mas qual pergunta? Você já se sentiu apaixonado? O que é o amor? Quando você se apaixonou de verdade? Tenho até medo das respostas. Você entende, professora? Entende? Ela entende? Alguém entende? Clara diz que o amor não existe. Diz que nós o inventamos para ter sobre o que falar, para ter motivo para chorar e sermos alvo de piedade e consolo.

Se ela estiver certa...

– Sua mãe está chamando. Na verdade, é a terceira vez que ela chama você.

– Ah! Sim, já vou, mamãe!

– Bom, vou embora. Deixo você com seu dilema: jeans ou saia? Dilema existencial. Excitante.

— Poxa, Clara. O que está acontecendo comigo? Você sabe que isso nunca me aconteceu. Nunca! Não consigo ficar parada, não consigo fazer nada, não consigo viver!

— Talvez seja uma modificação genética do vírus da gripe. No Natal, com o vai e vem nas estações, esses vírus andam sempre a tiracolo. De qualquer forma, eu acho melhor você ir de jeans e meias grossas e uns dois blusões. A temperatura está abaixo de zero.

— Devo me maquiar? É melhor, não é? E se ele não gostar de mim? E se, assim que me vir, se arrepender e sair correndo? Acho que eu morreria!

— Imagine as manchetes dos jornais: garota morre de dor na estação de trem por conta de um encontro que não aconteceu. Epitáfio longo e significativo. Precisaremos de uma lápide bem larga.

Começo a chorar. E é sério. Um choro com soluços e lágrimas. Uma coisa nojenta. Até meus ombros se sacodem e mergulho em minha cama esperando que o travesseiro absorva a água salgada que sai do meu corpo. Eu não vou. Não vou à estação. Vou telefonar para ele e dizer que estou com uma febre altíssima, com risco de convulsão.

Não vou. Não vou. Quem sabe até ele fique feliz com isso. Liguei para ele e inventei uma história absurda: disse que queria trocar de esporte. Perguntei se ele podia me dar algumas informações sobre o futebol. Claro, como não! Que vergonha! Nunca fiz essas coisas. Quem sabe até ele se sentirá aliviado. Que estúpida! Como é que pude pensar que duas pessoas se encontram assim, ao acaso, e *paf*! Como em algum tipo de magia, elas se reconhecem e tudo acontece? Como posso ter certeza de que já o vi dentro de mim, em meus sonhos e pensamentos, e nas castanhas e vitrines e janelas dos trens e até mesmo na capa do livro de história? Como posso reconhecê-lo e perdê-lo? Isso é coisa de maluco! Coisa de doido! Isso nunca me aconteceu antes. Nem mesmo com o Jorge. Eu o achava lindo desde o 6º ano. Ele me fazia ficar vermelha e meus olhos ardiam cada vez que ele olhava para mim. Mas isso não era nada. Nada. Coisa de louco, sério!

Então, sinto os braços de Clara nas minhas costas.

– Eu invejo você, sabia?

– Imagine só – limpo o nariz que estava escorrendo.

– É verdade. Invejo você. Talvez isso não seja amor de verdade. Mas, que droga... Quem é que quer o amor? Aquele amor eterno, sem manchas e sem medo? Quem quer isso? Todo mundo. E exatamente por isso ninguém pode tê-lo. É uma espécie de utopia. Como chegar ao lado de lá com as próprias pernas. Mas isso é bom, quer dizer, é melhor.

Estou com os olhos vermelhos e, por isso, não a enxergo bem. A minha amiga cínica que põe ordem em tudo. Mas eu a ouço, e ela parece diferente.

– Quantos anos você tem, de verdade?

– Você sabe, você sabe. Cento e um. Sempre um a menos que você. Comporte-se bem.

Eu a vejo ir embora com suas botas que fazem o assoalho ranger. É uma figurinha perfeita para um conto de fadas. Incluindo os cabelos. Eu a vejo ir embora e só agora me dou conta de que nunca a entendi. Agora, enquanto ela fecha a porta, vejo toda a sua infelicidade e sinto vontade de chamá-la e de dizer o quanto gosto dela. Muito.

Mamãe chega com seus óculos pendurados no pescoço, sobre o blusão vermelho, e com ares de *Gerônimo-vai-à-guerra*.

– Você deveria ter me ajudado com as compras. E devia ter me ajudado também a passar as roupas. Espero que você tenha passado todo esse tempo sobre os livros, estudando Dante e o Inferno, senão...

Ai, ai, ai... Ela olha à sua volta. Não desmaie, mãe! Eu não saberia o que fazer: se salvá-la ou ir à estação. A uma parada daqui. Não me obrigue a escolher.

– O que aconteceu aqui?

– Eu estava querendo arrumar o armário. Algumas roupas não me servem mais.

Ela suspira, sacode os ombros e vai embora. Minha mãe não é do tipo que faz muitas perguntas. Menos mal. Meu pai está viajando. Voltará amanhã. Chegará cansado e, ultimamente, parece angustiado. Quem sabe por quê. Às vezes, eles é que parecem alienígenas.

Aprisionados por acaso entre quatro paredes em meio à lavadora de louças e à geladeira. *Aff*!

Estou cheirando mal. Eu sei. Eu chorei e suei. Preciso lavar as axilas.

Visto a calça jeans, calço as meias vermelhas, coloco o moletom peluciado, cachecol e luvas e já posso fazer inveja ao abominável homem das neves.

Vou lá, ouvir o sorvete de pistache. É lindo demais para poder renunciar a ele.

A estação, às 15 horas e 50 minutos do dia 22 de dezembro, está cheia de gente. Que estúpida. Um encontro em meio a todo esse caos. Os cabelos! Oh, meu Deus, eu nem me penteei! Procuro um banheiro, mas desisto da ideia em seguida. Eu ficaria cheirando a xixi e cocô. 15 horas e 51 minutos. Eu me penteio com os dedos das mãos. Tento me olhar na vitrine de uma cafeteria. Horrenda! Horrorosa! Ele vai fugir de mim. Sento-me em um banco na plataforma 12. Ele deve chegar no trem que para exatamente aqui. As pessoas parecem alegres. Não olho para elas. Sinto meu coração disparado. Se pelo menos eu fumasse. Nada. 15 horas e 52 minutos. Fico observando fixamente o relógio da estação. Tem um monte de policiais ferroviários. As crianças saltitam perto das faixas de segurança dos trilhos e as mães as puxam pelos braços. Sorrio com a sensação que isso me provoca. Por quê? Luís tem muitas castanhas e o cheirinho delas é muito bom. Chego a sentir no ar. Ok. Mais ou menos. Quem é que está me puxando? Levanto-me. A banca de revistas. Isso, a banca. Posso ler as manchetes dos jornais, olhar as capas das revistas. Levo um susto. Não consigo mais ler! Espírito cheio de graça, faça com que ele chegue logo ou vou me internar voluntariamente no primeiro hospital que encontrar.

Passa uma mulher vestida de verde. Mulher verde, mulher que perde.

É uma brincadeira que Clara e eu fazemos. Brincadeira estúpida, mas que me acalma.

Atrás da mulher está um Papai Noel. Sorrio para ele e ele se aproxima.

– O que há, pequena?

A voz anasalada me incomoda. Dou de ombros e viro as costas.

– Você deveria abraçar o Papai Noel. Você não sabe que eu dou sorte?

Dá sorte. Dá sorte. Até as pedras da lua dão sorte. Mudam de cor, como certos olhos. Eu tenho uma pedra da lua, mas a deixei em casa.

Viro-me e estendo uma mão, mas só um pouco, porque acabei de ver que são 15 horas e 57 minutos e, então, para passar três minutos ainda falta um monte de segundos. E também um pouco porque, confesso, realmente preciso de sorte.

Eu o sinto me agarrar, com a barba falsa que me pinica a bochecha e com a sua respiração curta, quase ofegante. Agora eu me dou conta! Tarde demais! Ele não me solta. Não consigo gritar. Constância, que estúpida você é. Os braços dele me comprimem o diafragma. Vou desmaiar. As mãos dele nas minhas nádegas... E a falta de ar. Abro os olhos e o Papai Noel está no chão. Sem barba e sem o gorro vermelho. Nojento! Nojento como um sapo. Sinto ânsia de vômito. Viro-me, encontro uma floreira e vomito. Não sai nada além de um ácido e nojento suco gástrico. Alguma coisa se aproxima de mim. Ergo-me pronta para me defender e, em vez disso, começo a chorar. Os olhos de avelã me olham preocupados.

– Como você está? Como você está?

Oh, meu Deus, meu Deus, meu Deus!

Um policial está levantando o Papai Noel sem barba e o leva embora de arrasto.

– Eu vi tudo da janela do trem. Que droga, não podia gritar. Malditas janelas que não abrem mais!

Deixo-me ser levada até o banco. Banco gelado. Está bem. Muito bem. Gelado. Vamos ficar assim para sempre, até que chegue o verão. Nesta maldita estação. Vamos ficar aqui contando os minutos do relógio sem nos desconcentramos. Assim, nada de ruim poderá acontecer.

– Ele... Ele machucou você?

Finalmente olho para ele. O guincho. Sorvete de pistache. Lindo.

– Sim, quer dizer, não muito. Vai passar.

A voz, a minha voz... Que nojo... Embargada e sem vida.

– Venha, um chá, vamos tomar um chá.

Eu queria me lavar e me livrar do cheiro do Papai Noel. Fico paralisada. Não sei como, ele compreende. Como terá percebido o que eu queria? Nem falei nada! E ele entende!

– Eu acompanho você até em casa. Veja só, está para nevar. Deixe que eu falo com o policial. Pode ser que precisem de uma denúncia. Mas amanhã eu faço isso.

Ele me segura pela mão. Gelada. Um choque elétrico passa pela pele. Fora da estação, os flocos de neve começam a cair. Dá para vê-los contra a luz dos faróis dos carros. No céu, ainda está tudo escuro. Preto. Luzes apagadas. Caminho e me sinto tranquila. Se você está comigo, estou tranquila. Queria dizer isso a ele. Mas não falo. Não falo nada. Nem ele. Ele aperta minha mão e sinto suas falanges. São perfeitas. Falanges perfeitas, raios e flechas. Idiota. Eu sou uma idiota. Deixo-me ser levada por ele. Permito-me ser molhada pela neve. Deixo-me ser tomada por uma dor doce que vem de dentro do estômago. Permito-me.

Primeiro encontro nojento. E mesmo assim...

Capítulo 6

Depois do Papai Noel

Eu percebi imediatamente. Assim que propus tomarmos um chá, compreendi que o que ela queria era ir para casa. Percebi isso pelo seu rosto triste, pelas suas costas encurvadas, pela dificuldade com que move a cabeça para sinalizar um simples não, pelo seu olhar. Ela não está precisando de bobagens agora. Está precisando só do seu quarto, da sua cama para poder se deitar no escuro, de silêncio e de lágrimas tranquilas.

E eu não tenho nenhuma utilidade. Não poderia dizer nem fazer nada para que ela se sentisse melhor. Além disso, eu nem saberia o que dizer. Qualquer coisa, agora, soaria banal.

Então, pergunto se ela quer que eu a acompanhe até em casa. O seu olhar sinaliza que esse é o caminho certo.

Pego a sua mão e caminho ao seu lado. Em silêncio. Ao menos por algum tempo. Então, faço novamente *a* pergunta idiota!

– Como você está?

No instante seguinte, tive vontade de dar um soco na minha testa. De me enterrar de vergonha. Um maníaco disfarçado de Papai Noel praticamente tentou violentá-la, ela recém-vomitou em uma floreira e eu pergunto como ela está?!

Mas ela responde. Dessa vez, com uma única palavra.

– Melhor.

Ainda que eu não pudesse comprovar isso, a julgar pela expressão do seu rosto.

Na verdade, há mais uma coisa que eu queria dizer. Que eu queria contar para ela. Mas não tenho coragem. Provavelmente isso não irá interessá-la em nada. Fico confuso se devo ou não falar. Então, de repente o nó na garganta se desfaz e as palavras começam a sair sozinhas da minha boca.

– Aconteceu alguns anos atrás. Eu tinha mais ou menos 10 anos. Uma noite, minha irmã foi para um festival de rock com alguns amigos dela. Era julho. Estava calor e muitos jovens tinham recebido autorização de seus pais para ficar na rua até que as apresentações terminassem.

Eu paro. Ela está me ouvindo com interesse e com certa tensão, quase como se já tivesse compreendido aonde essa história vai chegar.

– Então, aí por 1 hora, os amigos foram embora e ela continuou lá. Meu pai iria buscá-la. Ela havia ligado para ele, mas estava demorando, porque primeiro foi me buscar na pizzaria, onde eu estava com meu time de futebol. Ela estava enjoada, meio zonza, tinha bebido duas cervejas e não estava acostumada com isso. Então, foi até um bar, para tomar um chá. Quando se virou, com o copo na mão, deu de cara com um sujeito. Era alto, estava pela casa dos 30 anos e usava uma camiseta com alguma coisa escrita. Estava bem perfumado. Ele olhou para ela e disse que ela já estava na idade de começar a tomar cerveja, e não aquela coisa parecida com xixi. Ela começou a rir, disse que a cerveja também parecia xixi e que já tinha bebido demais. Ele riu também. Então, aproximou-se dela, colocou uma mão sobre seu ombro e disse uma coisa estranha: "Venha! Vamos nos divertir um pouco!" Então, seu braço desceu e sua mão tocou...

Faço uma pausa e, então, continuo.

– Tocou seu seio. Sua mão ficou ali por um instante infinito e, então, voltou para o ombro, segurando-a com força. Lentamente, ele começou a conduzi-la até a saída. Ela tentou se desvencilhar e deixou cair a taça de chá. Ele não falou nada, apenas continuou segurando-a e ela não conseguiu tirar aquela mão do seu ombro. Ela não queria ir com ele. Estava com medo. Estava escuro. Eles estavam na periferia. Fora a área destinada ao show, todo o resto era matagal e terrenos abandonados. Ela estava com medo de que ele fizesse algum mal para ela. Lembrou-se de todas as recomendações que nossos pais sempre fizeram, de não dar trela para desconhecidos. E, então, aquela coisa misteriosa de que sempre falavam, sempre sem entrar em detalhes, estava acontecendo. Ela sentiu vergonha. Sentiu-se envergonhada pelo que poderiam pensar dela. Percebeu as pessoas indo de um lado para outro, desmontando o palco e tudo o mais. Havia gritos e muito barulho, mas ela sentiu como aquilo viesse de outro mundo. E, na entrada, havia uma espécie de corredor feito com chapas por onde todos tinham que se afunilar para entrar e sair. Estavam cada vez mais perto da saída.

Eu paro. Constância olha para mim.

– E então? – ela pergunta.

– Então, nada. De repente, um cara da segurança, um armário de mais ou menos cem quilos fedendo à cerveja e suor, aproximou-se deles. Pegou o homem por um braço e disse a ele que a deixasse em paz. Ele largou a sua presa e, assim que ela se sentiu livre dele, fugiu. Saiu dali no exato momento em que eu e meu pai chegamos. Assim que ele desceu do carro, ela vomitou nos seus pés. Ele lhe deu uma bronca por ela ter bebido demais e, então, ela contou tudo que tinha acontecido.

Olho para Constância.

– Por isso, sei exatamente o que aconteceu. Ainda que não tenham me deixado ouvir toda a ocorrência que registraram na polícia. E ainda que tenham me mandado para o meu quarto quando chegamos em casa e minha irmã contou tudo para minha mãe, que a abraçava.

Faço uma pausa.

– A coisa mais estranha é que minha irmã é durona. Não é tímida. E ela mesma nunca compreendeu por que não reagiu. Disse que simplesmente não conseguia.

Outra pausa, sem olhar para Constância.

– No que diz respeito a mim, naquela noite eu entendi que era verdade aquilo que me diziam na escola e em casa. Que tem gente que pode fazer muito mal. E me senti envergonhado por ser um homem.

Ela não diz nada, apenas segura ainda mais firme a minha mão. Chegamos ao portão da sua casa, e ela solta minha mão.

– Tchau – ela diz.

E vai embora.

Eu fico ali, parado, olhando para ela enquanto desaparece. Antes de entrar, ela se vira e os seus olhos se fixam nos meus.

Capítulo 7

As garotas depois do primeiro encontro

— Não conte isso para ninguém. Eu imploro, Clara. Ninguém deve saber disso.

– Fique tranquila. Ainda que... Olhe só, quem é agredido não é culpado de nada.

– Sim, eu sei. Mas não quero. Fariam perguntas e mais perguntas. Minha mãe já imaginou isso. Eu só quero esquecer.

– Ok. Você tem razão.

– Além disso, para dizer a verdade... Puxa, Clara, que nojo! O primeiro encontro com ele e olhe só o que acontece!

– Não comece com essa história de que isso é um sinal do destino. Não comece!

– Eu só precisava ter chegado às 16 horas e um minuto e tudo teria dado certíssimo!

– Ok. Chega. Quando você vem com essas, eu não aguento. Vou embora.

E vai mesmo. Ajeita o cachecol em volta do pescoço, levanta do banquinho e sai da estação. Os pacotes dentro da sacola chacoalham enquanto ela caminha. Tento chamá-la, porém ela não responde. Nunca a vi assim. Passamos uma tarde inteira escolhendo presentes de Natal. O que deu nela?

Saio correndo e a alcanço. As luzes nas vitrines cintilam por todos os lados. Amanhã será o último dia de aula antes das férias de Natal.

– Se você perder esse trem, como vai voltar?

Ela não responde.

– Ei, Clara. Qual é?

Ela para de repente, deixando que eu a ultrapasse.

– Ei, Clara, o que está acontecendo com você? Ei, Clara, o que eu faço? Ei, Clara, quem sabe, quem sabe, quem sabe... Mas pare de incomodar com esses problemas idiotas! Dá para parar? E essa história de destino, então?! O que você me diz disso? Ouça bem, Constância do quem sabe e da boa memória, ouça bem: estou grávida. Ok?!

Essa não é a voz dela. Essa chega sei lá de onde, talvez do fígado ou de alguma veia esquecida. É uma voz terrível.

Ela treme, vibra. Parece cera derretendo sob o sol, ainda que esteja nevando. Tento associar as letras com os sons, a música que vem do alto-falante entrecortada pelos ruídos em volta. Olho em seus olhos. Eles parecem duas fendas escuras, cheias de terra e espinafre.

– Oh, meu Deus!

É tudo que consigo dizer. E, sinceramente, não consigo perceber o tamanho do que está dentro dela.

– Vá à merda!

Ela vai embora, convicta. Dessa vez, não para mais. Grávida? O que isso significa? Aos 16 anos... Está bem, vai fazer 17 daqui um mês. Mas... Ela nem tem namorado. Ela não me falou de ninguém. Não comentou nada na escola com as outras que ficam se exibindo a cada beijo roubado e a cada toque de carinho.

Meu Deus. Vou atrás dela. Não posso simplesmente deixá-la ir embora.

– Eu vou à merda! Eu vou! – eu grito, segurando-a na escada rolante. Algumas pessoas olham para mim, quase que rindo. Ela sai correndo.

– Eu vou, vou aonde você quiser. Mas espere um pouco.

O casacão preto faz diminuir a velocidade. Tomo fôlego e continuo a correr. Estico os braços o quanto posso e toco seus ombros. E a seguro.

As escadas terminam e nós duas tropeçamos, como que transportadas pela corrente que segue sempre igual, sem diminuir a velocidade e sem parar, mesmo quando duas amigas estão sofrendo.

Ela ri. Entre seus olhos, seu choro ainda não está escorrendo.

– Você está sempre caindo! – ela me diz.

Eu lhe dou um beijo na bochecha e um senhor vira-se para olhar para nós.

Um homem de marrom será sempre um balão.

O senhor continua olhando para nós.

– Um homem de barba se parece com uma carpa! – grita Clara, como se isso fosse uma mensagem de salvação.

O senhor de barba marrom desvia o olhar e começa a pensar no que levaria para jantar.

O sorriso continua em seu rosto. Clara. Meu Deus. Como isso foi acontecer?

– Não diga nada. Não diga nada. Eu já me fiz todas as perguntas do mundo. Todas. Até mesmo aquelas que os alienígenas poderiam fazer. Não tenho respostas. E me desculpe por agora há pouco. Era tudo inveja. Inveja em seu estado puro.

Não falo nada. Penso no Papai Noel que tentou me agredir e desejo que ele se torne um sapo o mais rápido possível; penso em Ângelo e sinto meu estômago derreter; penso em Clara, minha amiga do jardim de infância sobre quem não conheço nada e nunca tive vontade de conhecer, e que me dá uns tapas fortíssimos, dignos do Guinnes.

Descemos de escada rolante e observo, na galeria da estação, um monte de garotos e garotas, todos iguais. Como eu e Clara. Sim. Eles estão de jaquetas e mochilas; têm cabelos longos e ar de donos de tudo. Caminham em direção às ruas do centro. Vão rir e falar sobre o mundo. Olho para Clara e sei que com ela não será mais assim.

E comigo? O que será que vai acontecer comigo?

Capítulo 8

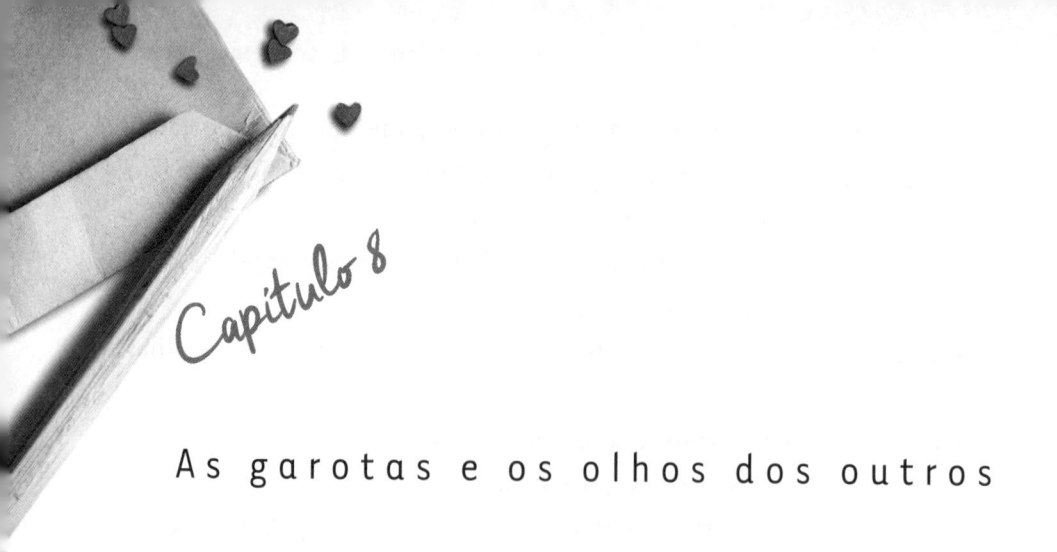

As garotas e os olhos dos outros

Hoje nada vai dar errado. Nada. Ouvi meu horóscopo na TV, entre a propaganda de um creme antirrugas e a previsão do tempo. Há uma conjuntura favorável entre Júpiter e Saturno. Possível encontro com algum alienígena.

Paula fez um trabalho de italiano nojento. 4. E a professora parece até se sentir enojada ao devolvê-lo. Ela dá de ombros e recobra seu jeito normal. Eu me sinto ansiosa. Quando fiz o trabalho de italiano? Tento lembrar. Nada. Um título, alguma informação que não seja apenas nada. Nada. A professora se aproxima de mim. Olha através de seus óculos, levantando um pouco as pupilas. Eu tenho uma memória formidável. Por que não lembro?

Clara está tranquila, esperando.

– Era o trabalho sobre o conto fantástico – Clara me diz.

– Ah!

Suspiro tranquila. Então me assusto.

– Eu fiz esse trabalho? Quer dizer, você viu sobre o que escrevi?

Clara sorri. É um sorriso triste.

– Com certeza, você está mal. De qualquer forma, sim, eu dei uma olhada.

– E então?

– Não sou eu a professora. Só posso dizer que você escreveu alguma coisa.

Procuro dentro de mim mesma. Não é possível. O que escrevi? Não é possível que eu não me lembre de uma frase, uma miserável e ínfima frase.

Aí está a professora. Preparo-me para receber alguma nota entre 1 e 4. Pouco, para dizer a verdade. Onde foi parar minha memória?

A folha flutua no ar por um instante, entre as mãos bem cuidadas da professora. Ela tem um anel no dedo mínimo, com uma pedra azul. Para dizer a verdade, nem a folha eu consigo reconhecer. Mas foi escrito, menos mal. 8. Escrito com caneta vermelha.

– Bom, menos mal. Você escreveu seu trabalho em transe? – pergunta Clara.

Clara olha para o seu 7 como se fosse um floco de neve em meio a uma nevasca. Não está, de fato, interessada naquilo. Suspira, olha para mim e então volta a sofrer em silêncio.

Eu coloco a folha sobre a minha mesa. O que será que eu escrevi? Para dizer a verdade, para mim isso também não interessa quase nada. Clara afasta os cabelos da bochecha, que começa a ficar molhada. Não... Sinto muito, Clara. Clara, eu vou ajudar você. Eu, 16 anos, com uma memória de fazer vergonha, com uma tendência a cair que chega a ser ridícula, com uma paixão pelas estações de trens, sem ter entendido nada ainda, nem encontrado.

O sinal de término da aula me sobressalta. Todos se levantam. Paula, Graça, Felipe, João. Pelo menos ainda me lembro do nome deles. Vão todos para suas casas, almoçar e comemorar as férias. Nós todos nos despedimos com sorrisos e desejos de felicidades. Eu levo Clara de arrasto até o corredor e saímos.

Lá fora a neve mudou um pouco as coisas. As ruas foram novamente limpas e parece que as árvores não pingam mais. Estão congeladas. Tudo está ficando cinza.

– Vá e me deixe em paz. Vai ver você tem um encontro e não está se lembrando disso – fala Clara.

– Ah, disso eu me lembro. Mas...
– Nada de mas. Vá até a plataforma 12.
– Mas nós nos vemos esta noite, não é? Você me promete?

Eu queria continuar. Mas eu sou quem sou. E tenho um amor que me puxa pelo estômago, pelos rins, intestinos e fígado. Tenho alguma coisa em mim que me queima e me consome. E a plataforma 12 é uma espécie de refúgio dos anjos.

Eu a deixo olhando-se em uma vitrine e se imaginando diferente. Corro para a praça da estação, voo pela sala de espera e, então, paro de repente.

Estão me olhando. Tem gente aqui que está olhando para mim. Eu lá, nos olhos dos outros. Eu, Constância. Vejo-me com os cabelos despenteados saindo de baixo do gorro de lã. Vejo também duas ou três sardas pintando as bochechas.

Nos olhos de Luís, há o mesmo calor que eu tanto gosto quando seguro as castanhas quentes entre as minhas mãos. E seu olhar é terno quando me diz: "Constância, como você está grande!"

Nos olhos do condutor, vejo a pressa das milhares de pernas correndo velozes em direção ao trem que estou sempre prestes a perder.

Nos olhos da senhora com as sobrancelhas depiladas – senhora de sobrancelha depilada não vai à praia pelada – vejo aquilo que nunca serei: uma criatura elegante, que verifica seu peso duas vezes por semana, a mesma quantidade de vezes que vai ao cabeleireiro, e que está sempre com a roupa perfeita para a ocasião. Jamais conseguirei ser assim. Na verdade, não quero ser assim.

Nos olhos da professora de italiano, eu vi o meu 8 e agora, só agora, consigo me lembrar do que escrevi. E me envergonho. Nossa, como me envergonho! Uma história de amor estilo Romeu e Julieta. Mas... E podia ser uma coisa assim? Em seus olhos, eu vi a compreensão. Uma faísca. Como se ela tivesse um coração humano que também estivesse apaixonado.

Quando você se vê nos olhos dos outros, começa a se conhecer de verdade.

E, então. Lá está ele. Meu coração começa a pular e o estômago a se revirar. Procuro os seus olhos para poder me conhecer mais um pouco e então me vejo. Constância. Mas ainda preciso entender quem eu sou. O espelho deforma, alonga e encurta, mas, sobretudo, faz com que eu me perca. Percebo alguma coisa. Gosto de sorvete de pistache e gosto da noite, quando as coisas começam a descansar. E gosto muito das minhas amigas grávidas e gosto também desta agitação, que parece picadinho dentro da frigideira. Eu gosto de você, Ângelo. E não sei por quê. Eu nem conheço você. Mas... Dentro dos seus olhos me conheço melhor, como um espelho que aumenta os detalhes e diminui os contornos. E, por enquanto, chega.

Ele pega a minha mão e a coloca entre as suas. Engulo em seco e sorrio. Ele sorri. E começa toda aquela maravilha, quando se abre a porta que dá para a selva ou para uma cachoeira ou, então, para a praça da Pedra Negra.

– Como você está? – ele me pergunta.

E quem, diabos, tem voz para responder?

Então, ergo-me um pouco nas pontas dos pés, o que talvez tenha dado a impressão de que fosse cair novamente. Ele me segura e eu me estico, sentindo seu perfume, e mergulho a cabeça entre seus ombros para sentir se seu coração bate forte como o meu.

Ele me abraça. O coração dá saltos de coelho. Coelho? Mas é possível ser menos romântica do que isso? De qualquer forma, ele bate mesmo. O meu? O seu? Não me importa o que ele está pensando, nem ele, nem o condutor do trem, nem o mundo. Eu o beijo. Beijo e beijo de novo. Tranquila. A pele macia. Os lábios macios e o sabor de bala de limão. Oh, meu Deus, limão. Mas eu não detestava limão? Talvez eu não me conhecesse bem.

Capítulo 9

Segundo encontro

Ok, aqui estamos nós. Plataforma 12. Como sempre. Ela está lá. Já está me esperando. Pelo visto, não há nenhum Papai Noel zanzando por aqui. Espero.

Pois é, mas ainda não resolvi a questão sobre onde levá-la. Em qual bar? Não... Em um bar, no máximo, posso segurar a mão dela. Preciso de um lugar com mais privacidade, onde possa abraçá-la, beijá-la, tocá-la.

Em um banco da praça da estação? Não... Está sempre cheio de gente indo e vindo. E nem sempre são pessoas do tipo recomendável para se ter por perto. Só nos faltava outro Papai Noel para incomodar. Mas, então, onde diabos...

O ônibus! O ônibus 17! Como é que eu não pensei nisso antes? Ele passa pelas colinas que contornam a cidade e vai até um lugar onde eu ia com meus pais fazer piquenique quando era pequeno. Mais ou menos na metade do caminho tem uma parada que dá em um campo e, logo depois, há um bosque. Mas está frio... E agora? Quem se importa? Menos mal que há esses moletons peluciados e as jaquetas impermeáveis... Assim, eu posso deitá-la no chão. A jaqueta. Mas isso se ela não estiver de minissaia e sapatos de saltinhos... Senão, já era!

Ok. Menos mal. Ela também está com jaqueta impermeável, moletom peluciado e calças jeans.

Desço do trem. Ela vem me encontrar. Não diz nada.

Segundo encontro

— Como você está? — pergunto.

Tem coisa mais idiota para se falar a uma garota no segundo encontro? Ela deve estar me achando um bobo. De qualquer forma, ela não responde mesmo. Olha para mim. Então se move de um jeito estranho. Estendo um braço instintivamente para segurá-la, mas paro na metade do movimento. Ela não está caindo.

Então, eu a abraço. Sinto o coração, que parece um motor acelerado. Engulo em seco. Eu a beijo. *Caraca*! Esqueci o chiclete de menta. Mas quem poderia imaginar que nós nos beijaríamos ainda na estação? Não importa. No trem, meu hálito estava bom. Ao menos eu acho que estava. A boca dela tem um gosto bom. Pasta de dente, café, batom. Acho que é batom. Parece um pouco com manteiga de cacau.

É como se nossos lábios soubessem perfeitamente o que fazer. Como se fossem feitos uns para os outros. Eles se aderem perfeitamente. Como se não pudesse ser de outra forma. E até a língua sabe exatamente onde deve ir.

Nós nos afastamos. Ou melhor, nossas cabeças se afastam.

Não consigo falar. Estou sem ar. Talvez eu devesse tentar um ou dois exercícios de respiração, daqueles que o treinador nos obriga a fazer. Então, consigo reencontrar o ar e as palavras.

— Vamos dar um volta no bosque?

Fico esperando alguma objeção do tipo: "Está frio...", mas não foi bem assim...

— Por que não? Como vamos até lá?

— De ônibus. O 17. Ele passa perto de um lugar lindo, que chamam de Nariz de Gato.

— Por quê?

— Sei lá. Mas é bonito. Tem um carvalho enorme.

— Um carvalho?

Mas por que ela repete tudo que eu digo?

— Um carvalho, uma faia ou um baobá, pelo pouco que entendo. Uma vez eu vomitei ali, embaixo dessa árvore. Eu tinha feito um piquenique com meus pais e me senti nauseado andando de carro.

Merda! Mas o que eu estou falando? Virei um imbecil? E continuo falando sem parar.

– Eu gostaria de ter vindo de moto.

– Você tem uma moto?

– Bem... Sim. Não.

Ela olha para mim.

– Sim ou não?

Estou perdendo o fio da meada. As palavras saem soltas, sem controle. Eu não sei mais o que estou falando.

– Pois é... Caraca... Meu pai não quer comprar uma moto para mim. E minha mãe também acha que não devo ter uma. Eles estão sempre discordando a respeito do que ver na TV, do que comer no jantar, de política, de onde passar as férias. Mas sobre a história da moto, estão em perfeito acordo. Absolutamente de acordo. Às vezes chego a pensar que eles estão juntos ainda só para que eu não tenha uma moto.

– Por quê?

– Mamãe é contra porque tem medo e não adianta argumentar que vou usar capacete, andar devagar e não vou fazer nenhuma bobagem... Nenhuma barbeiragem. Papai, porém, é contra por motivos ideológicos, diz ele. Ele acha que todo mundo que quer ser igual a todo mundo é babaca e que todos que têm moto, então são babacas. "Eu não quero que meu filho seja um babaca", ele fica dizendo. Já disse isso umas mil vezes. E, assim, nada de moto.

Ela continua me olhando. Então, eu continuo falando.

– Sabe... Eu preferiria ser um pouco babaca e ter uma moto. Nem precisava ser daquelas muito *bala*. Não, podia ser uma simples, para andar com calma, levar alguém... Como hoje, por exemplo.

– Mas você não pode levar ninguém na carona da moto!

– Não é permitido, mas todo mundo faz![3]

– E se pegam você?

– Se me pegam, faço como quando estou no ônibus sem a passagem. Junto uns *trocos* em casa e pago a multa.

– Mas você disse sim quando perguntei se você tinha uma moto.

– É porque, de fato, meu pai me deixa usar a dele. Na verdade, um ciclomotor da época quando era jovem. Ele comprou com suas economias e usou até não poder mais, sabe? Até ter a minha idade, mais ou menos. Então, no ano passado, ele o deu para mim.

– Nossa, mas isso é o máximo!

– Ah, sim... O máximo dos máximos! Teoricamente, se eu começar a pedalar, mas pedalar de verdade, como se estivesse treinando para a grande Corrida da Itália, o motor deveria dar partida. Mas os pedais não funcionam, então, ou eu tenho que arrancar de uma descida, ou empurrar com os pés. Ou, ainda, empurro com as mãos e depois salto para cima da moto quando o motor começa a funcionar.

Ela ri. Como é estranha. Normalmente está séria. Sorri pouco, mas, quando ri, é uma verdadeira explosão. Ri com a boca, com os olhos, com os braços, com todo o corpo. Ela é linda. E ri. Ri bonito, com a boca cheia, mostrando os dentes. Não está rindo de mim. Está rindo comigo. Ri porque eu a fiz rir. E é bonito ver uma garota que ri porque você a fez rir.

Eu também rio e fico todo vermelho. Meio que me sinto um idiota. Mas veja só, por pouco eu não faço xixi nas calças porque uma garota está rindo do que contei. Fico um pouco envergonhado.

De repente, ela me pega pela mão.

– Ei! É aquele o 17! Vamos correr!

Sim! Nosso ônibus está chegando. Corremos atrás dele como duas crianças e embarcamos.

– As passagens? – ela pergunta.

Até sua voz está rindo. Como se estivesse só esperando para rir da minha cara quando eu respondesse que tinha esquecido as passagens. Ela não sabe que eu tenho várias na minha carteira. Isso porque, se deixasse para comprar uma a cada vez que tivesse que pegar um ônibus, com certeza não lembraria. Tiro as passagens da carteira e as mostro a ela, que ri novamente.

– Você pensou em tudo!

– Em tudo, não. Mas nas passagens, sim. Era só o que nos faltava levar uma multa em nosso segundo encontro. Você não ia mais querer saber de mim!

Registro as passagens na maquininha e ela vira a cabeça para o outro lado. Quando volta, há um brilho estranho em seus olhos. Como se tivesse trancado alguma lágrima dentro deles. Nós nos sentamos e a beijo de novo. Paro de repente. Uma senhora bem velhinha está de olho em nós. Mas está sorrindo. E se vira para olhar pela janela.

O ônibus está quase vazio. Nada com o que se admirar, já que ele praticamente dá a volta ao mundo, parando em dezenas de pontos nos arredores da cidade. Chega-se muito mais rápido de carro. Os garotos que pegam esse ônibus para ir à escola o chamam de "Troia" [4], por causa da lentidão.

Nós nos sentamos no fundo. Não sei o que fazer. Ela toca a minha mão com a sua. Então a seguro. E ficamos assim. Mão na mão. Um pouco suadas. Está calor porque o aquecimento está no máximo. Mas tenho medo de soltar a mão dela. Não quero perdê-la. E se ela não me quiser mais?

Quando descemos, acontecem duas coisas. Nós nos beijamos outra vez. E, nesse meio tempo, começa a chover.

– Você tem um guarda-chuva? – ela pergunta.

Tinha pensado nisso quando ainda estava em casa. Estava nublado, mas achei que ia ficar chato chegar a um encontro com um guarda-chuva na mão. Ridículo. Uma espécie de *lord* inglês um tanto forçado. Decido bancar o esperto, ainda que um guarda-chuva agora parecesse uma ótima ideia.

– E quem já viu alguém passear no bosque de guarda-chuva?

Sincronizados, colocamos o capuz das nossas jaquetas. E caímos na risada como dois abobados. Ela me olha de um jeito estranho. E, de novo, um beijo.

Ela não fala nada. Eu também não. Não é necessário falar nada. Parece que nossos gestos se comunicam sozinhos. E são os gestos perfeitos. Nada menos que perfeitos. Nem um a mais, nem um a menos.

Como se estivessem estado todo o tempo dentro de nós, só esperando o momento certo para sair. Como se estivéssemos seguindo um roteiro escrito especialmente para nós. A cenografia de um filme.

Desta vez, é ela quem me segura pela mão. E seguimos por uma estradinha. Já fiz mil vezes este caminho com meu pai. Ele me trazia seguidamente aqui. Mas é como se eu o estivesse trilhando pela primeira vez agora. Dez minutos. Depois tem uma clareira. Uma clareira, não. A Clareira. Com letra maiúscula. A mais linda do mundo.

Até parece a clareira de João e Maria. Só que ali não existe nenhuma casa de biscoitos nem bruxa malvada. Mas há uma espécie de tapete formado pelas folhinhas dos pinheiros que caem e vão se emaranhando. Um tapete de uns dez centímetros de altura que cede sob nossos pés.

– Não são folhas de pinheiros. São folhas de lariço. Os lariços são as únicas coníferas que perdem as folhas no outono.

– Você é especialista em botânica? Para mim, todas as árvores que têm folhas em forma de agulha são pinheiros.

Agora ela não ri. Só olha para mim. Com um olhar que nunca vi igual. Que nunca vi em ninguém. Um olhar que chega a fazer mal de tão intenso. Parece que seus olhos ficaram líquidos. E que olham ao longe. Mais longe do que qualquer lugar aonde eu possa ir.

Então, eu rio. De nervoso.

– Quem liga para pinheiros ou lariços. O que importa é que parece que eles foram colocados aqui especialmente para nós.

Tiro a jaqueta e a estendo no chão. Jogo a mochila em cima dela.

Então, faço uma coisa boba. Pego-a pelas costas e, ao mesmo tempo, dou um golpezinho com meus joelhos atrás dos joelhos dela. Ela perde o equilíbrio e certamente teria caído, mas eu a seguro e a deito sobre a jaqueta. Sua cabeça termina exatamente sobre a mochila. Então, eu a beijo.

Está frio? Nem percebo. Chove. Sim. Sinto o barulho das gotas. Mas ali, sob os ramos que se entrecruzam, caem apenas algumas gotas.

Cheiro de madeira molhada e terra úmida. E o cheiro dela. Vejo a luz do dia diminuindo lentamente e começando a se transformar em noite. Nós ainda estamos ali. Abraçados. Conversando. E nos tocando.

As garotas são macias quando abraçam. É uma maciez que abraça tudo. Que gruda em você. Que se torna uma só coisa com você. Respiração, camiseta e pele.

Digo a ela:

– As garotas apaixonadas são macias.

Ela responde:

– Só as apaixonadas. As que não estão assim não são macias.

Lembro minha mãe, que me abraçava quando eu era criança. Ela era macia, mas de uma forma diferente. Era uma maciez que me protegia. Aqui, eu sinto uma maciez que devo proteger. Que faz eu me sentir homem.

– É uma coisa assim. Não se pode fingir a maciez do amor. Ninguém conseguiria – continua ela.

Não sei por que, mas meu coração começa a bater forte. Uma coisa é tocá-la, outra coisa é ouvi-la dizer que está apaixonada.

– Eu não me sinto assim tão macio.

Logo me dou conta do duplo sentido que isso pode ter. Merda! Não queria dizer isso. E agora, o que ela vai pensar... Que eu quero só...

Ela ri e isso é um alívio.

– Não estava pensando nisso, bobo!

Mas, então, até que dá para falar certas coisas com as garotas.

Ela continua:

– Além disso, você não é uma garota. Os garotos não são tão macios.

Então eu digo a ela. Digo tudo de uma vez. Ainda que com uma voz que nem parece minha:

– Mas eu também estou apaixonado. Por você.

Ela não diz nada, só me abraça mais forte. E, quando a olho, vejo de novo aquele brilho que precede ou que se segue às lágrimas.

E o seu celular estraga todo aquele encanto.

– Não... Sim... Agora não posso. Sim, eu ligo para você...

Fala baixinho, como se não quisesse perturbar ninguém. E aqui estamos, só nós dois.

– É a Clara, minha amiga – diz ela.

Não sei por que, mas isso me incomodou. Como se eu me sentisse controlado.

Vejo as horas. *Caraca*! Já são 17h30!

– O ônibus! O último ônibus que volta para a cidade passa daqui a cinco minutos. Se nós o perdermos, teremos que caminhar cinco quilômetros.

Por sorte a lua está alta e conseguimos ver com facilidade o caminho de volta. E o encanto não se quebra. É lindo correr com ela.

O ônibus está vazio. Inteirinho para nós dois. Em um segundo chegamos à estação, que nos acolhe com suas luzes e seus coloridos. E me parece linda. O meu trem já está lá. Está tarde. Preciso ir. Ficaria mais, mas ao mesmo tempo tenho vontade de ir para casa. É como se eu tivesse medo de que alguma coisa pudesse quebrar aquele encanto. Estragar tudo. Eu nem consigo me lembrar de ter embarcado no trem.

Mas por que raios as janelas dos trens não abrem mais? Mas eu a vejo de qualquer jeito, enquanto o trem está partindo. Ela dá alguns passos adiante e para. Acena. Ela é linda.

Capítulo 10

O despertador marca 2h45

*B*eep beep
      Nova mensagem. Ângelo
Ler agora?
Siiiim!
Constância, você está aí?
Sua pele sob a lua parece merengue...

Tin tin tin tin tin tin
Nova mensagem. Constância
Ler agora?
Siiiim!
  Oi, Ângelo! Atchim! Merengue? Que lindo. Nunca ninguém me disse isso.
  Os seus olhos, mesmo sem a lua, são o mundo.

Beep beep
Nova mensagem. Ângelo
Ler agora?
Ok.
Tudo bem? Resfriada? Eu também! Atchim!

*Tin tin tin tin tin tin
Nova mensagem. Constância
Ler agora?
Ok.
Poderia ser melhor do que isso? Peguei um resfriado de vírus lindíssimo!
Bons sonhos.*

*Beep beep
Nova mensagem. Ângelo
Ler agora?
Rapidinho.
Uma noite enluarada para você, Constância. Até amanhã.*

Capítulo 11

Ângelo e os garotos

— Vá! Vamos falar de coisas sérias. O que você fez? Ela deixou que você a tocasse?

Fico incomodado com essas coisas. Muito incomodado. Por que Roberto sempre tem que ser assim? Sempre pronto para reduzir as conversas sobre garotas a peitos e bundas.

Isso me incomoda.

O mesmo incômodo que eu sentia quando éramos crianças e eu o via arrancando as asas das moscas só para passar o tempo em sala de aula. Ou quando ele levava uma revista pornô. Ele me incomodava com isso. Sobretudo, provocava em mim um pouco de nojo.

E agora essas suas conversas também me dão um pouco de nojo.

"O amor não é assim!" Eu queria gritar para ele. Não é assim. Não é tocar os seios, a bunda e... Está bem, aquilo também. Mas aquilo é a cerejinha em cima do bolo. Está bem, a cerejona... É uma coisa que vem depois. Não antes.

Mas depois do quê?

Então, um pensamento me fulmina como um raio.

Isso é amor? É assim? Assim tão simples? Coisas que vão para os seus devidos lugares por conta própria. Como que por encanto. Um quebra-cabeça com um bilhão de peças que, um segundo antes, era um monte enorme de pedaços de cartolina cinza de um lado e de cartolina colorida do outro. Uma promessa impossível de ser cumprida, de formas e de cores.

E, um segundo depois, um castelo encantado em uma floresta ou uma barreira de coral cheia de peixes de todas as formas e de todas as cores. E você se pergunta como nunca havia visto nada parecido antes. Como não via que as peças se encaixavam tão bem? Como você não viu isso naquele monte de peças sem fim? E nem deu tanto trabalho assim! Mas, então, por que isso acontece tão raramente?

E, então, o toque, o beijo, tornam-se as coisas mais simples e naturais do mundo. Parece até que as mãos sabem, sozinhas, por onde devem andar. As suas e as dela. Não é preciso guiá-las.

Então isso estar apaixonado? É o mundo que gira em perfeita harmonia com você. É estar sentado em um bar com o sol que aquece você, mas não demais, e ver que tudo, tudo, mas tudo mesmo – as pessoas na praça, as nuvens no céu, as lufadas de vento, as bicadinhas das pombas, as formigas que carregam as migalhas – está em seu devido lugar. Até mesmo aquele seixo encravado entre uma rocha e outra deveria estar exatamente ali e não em outro lugar. É assim, simples. E assim, difícil.

– *Caraca*! Você está com cara de peixe morto. Mas, então, está perdido mesmo!

Ah, sim... Roberto ainda está ali, ao meu lado, e olhando para mim. E que conversa mais medíocre. De novela de quinta categoria. De *reality show* para idiotas.

Sim, é verdade. Eu entendi muito bem. E agora isso está me assustando. E me deixando feliz. Estou apaixonado. Se isso é amor, eu estou amando. Mas não falo nada. Simplesmente me viro e vou embora. E não tenho vontade de ouvir bobagens.

Capítulo 12

As garotas e as salamandras

Clara está abraçada na grade. Ela veio ver a partida de vôlei de sábado à tarde. Os shorts estão se enroscando nas minhas coxas. Acho que engordei. João Lucas, o treinador, já chamou minha atenção várias vezes: "Você tem que se concentrar. Está vendo aquela lá? Ela vai comer você viva."

Aquela lá é uma *altona*, de 1,80 m, com as maçãs do rosto salientes como duas asas de avião. E bate na bola com a força de um maremoto. A minha concentração deve ter sido arrastada pelas ondas.

Débora me passa a bola. Alta, alta demais. Tento cortar, mas acabo falhando totalmente na minha intenção. Debaixo da rede, retomo a bola e o maremoto nos ataca como se fôssemos o último lugar ainda intacto na face da Terra. E ficamos como idiotas, vendo a bola passar na frente dos nossos narizes e cair a um metro para dentro da linha.

Os aplausos dos torcedores do time adversário nem chegam a me incomodar.

A dona das maçãs do rosto salientes comemora com uma cambalhota. Clara, segurando a grade, balança a cabeça. Mas sorri para mim e me manda um "tonta" com os lábios e sem voz.

A partida terminou. Estou suada e sinto as bochechas pegando fogo. João Lucas não olha para mim. Tanto faz. Um nojo. Fiz uma partida péssima. Mas não me importo.

Acontece que eu estava pensando em ontem. No segundo encontro.

Acontece que havia folhas de pinheiros do bosque encantado sobre a cidade aonde chegamos com o ônibus que eu nem sabia que existia. Do outro lado da rede, estava o bosque úmido e as árvores curiosas que seguravam a bola. E, então, delas pingavam flocos de neve fria. E, principalmente, lá estava a mão dele na minha; as suas bochechas tão perto dos meus olhos que eu podia até enxergar os seus poros e uma barba fininha; e mais nada à nossa volta, só uma astronave com uma escadaria invisível que, se você subir, irá voar, mas não verá nenhuma bola a ser rebatida. Não. Você verá todas as coisas de ontem e também as coisas de amanhã. Coisas leves como a onda do mar que toca você, ou como a mão da sua vó sobre sua cabeça, ou como o sorriso sem os dentes da frente, como a Clara naquela foto do nosso sétimo aniversário. Coisas assim, sem peso. Ou, melhor ainda, que tiram o peso de cima de você.

E acontece, ainda, que o seu hálito quente estava no meu pescoço, e isso me fazia cosquinhas, e minha pele se arrepiava. Do outro lado da rede. Uma vergonha deliciosa. E, além disso, tinha aquela roupa toda, que eu não aguentava mais vestir. Meu Deus, com todo aquele frio... Eu me envergonho só de lembrar, mas, quando você tem febre, a melhor coisa que pode fazer não é tirar a roupa?

Ainda não. Quem será que sussurrou isso para ele? O carvalho ou o espírito das folhas? Ou será que foi você mesmo, Ângelo? Você sabe muitas coisas. Talvez porque você seja um alienígena. Sabia que não era a hora, ainda que pudesse parecer. Ainda não era o momento perfeito. Ainda não. Mas foi tão doce, tão doce... Pistache. E a magia vai acontecer. Não agora, mas vai acontecer. Só isso, você vai ver.

E, no fim, o pensamento "eu não conheço você" foi mandado embora. Eu conheço você. Eu estudei bastante sobre os alienígenas. Sei tudo sobre eles. Conseguem ler os pensamentos dos outros e, por isso, agora eu preciso ter muita atenção. Eles conseguem impedir que você caia no chão e usam jaquetas impermeáveis supergostosas, nas quais se pode até deitar nos bosques, em dezembro, com a neve caindo aqui e ali, com a vontade de se fundir, como o glacê em um bolo.

Eu não sei se você foi feito para mim. Quer dizer, eu não sei se você foi feito para mim para sempre ou por muito tempo. Mas sei que você foi feito para mim agora. Agora, e também depois, por favor! Amanhã também, eu lhe peço. E depois de amanhã, eu imploro.

Pelo menos até que eu possa sentir o cheiro de pistache e ver os seus olhos se abrindo quando me veem, como se quisessem me abraçar inteira.

E depois? Haverá dor? Será muita? Insuportável? Como quando a barriga se contrai e você sabe que está chegando a cólica da menstruação e precisa se acocorar como um sapo para conseguir respirar e depois correr para pegar um analgésico para caminhar sem fazer caretas de tanta dor? Mais do que isso? Será verdade? Como foi para Clara?

Se Clara fosse uma salamandra...

As salamandras não precisam se esconder, mesmo tendo, sobre a pele negra, manchas amarelas tão chamativas quanto os semáforos. Elas dão medo até aos lobos, aos gatos selvagens e às raposas, por causa do líquido ácido que queima a boca dos seus predadores como se fosse um ovo sendo cozido.

Quem será? Não consigo parar de pensar em quem será o garoto secreto da Clara.

O chuveiro está quente e lava o suor. A espuma com cheiro de baunilha escorre branca e faz bolhas sobre a pele rosada.

Uma salamandra. É melhor se munir com líquidos fedorentos. É melhor mesmo?

– Se você continuar a jogar assim, vou deixá-la no banco.

A voz de João Lucas é dura e cortante. A minha paixão pelo vôlei parece que sumiu. Ou melhor, eu sumi. Queria dizer isso a ele. Em um bosque encantado.

– De qualquer forma, feliz Natal.

Vejo a sombra desaparecer. Ele tem razão. Ele acreditava em mim. Todo o time estava contando comigo. Eu sou ótima para cortar. Mas a dona das maçãs do rosto salientes foi melhor. Não, não foi isso. Amanhã é Natal. Feliz Natal. Eu tenho um amor neste Natal e é só isso que

As garotas e as salamandras

importa. Agora. Um amor que as salamandras não conseguem encontrar assim tão facilmente. Por isso, eu devo ficar feliz por ter tanta sorte. Um amor, Ângelo, e uma estação. E Clara, que terá um Natal diferente no ano que vem, entre fraldas e mamadeira? *Caraca*, o que uma garota de 17 anos pode fazer com fraldas e mamadeiras?

Com o roupão que deixa minhas pernas descobertas, eu corro para fora do vestiário. Nos corredores, o cheiro das camisetas suadas e das bolsas abertas, com seus cremes hidratantes e xampus sem sal, e as vozes que vêm dos chuveiros, contando as poucas histórias que podem ser contadas. Eu corro, porque a Clara precisa me contar. Eu sou amiga dela, e isso significa que se quiser, se ela quiser, podemos nos tornar salamandras e desafiar os garotos até que apareça um resistente ao líquido ácido e que não se importe em ter a boca machucada. Eu faria isso por ela, mesmo que...

Corro sem escutar minha falsa promessa. Até que a porta, fechada, me faz diminuir o passo. Por trás da porta de vidro, a sombra é grande e me faz parar de repente.

– Aqui não, agora não.

A sombra sussurra e mexe os braços como se fossem ramos secos de uma árvore perdida.

– Por favor, por favor...

A voz não pertence a nenhuma sombra, mas eu a reconheceria entre outras mil vozes. Clara.

Eu me aproximo. Então a vejo. A sombra pequenininha. Tão pequena que caberia em uma caixa de sapatos. Tão perdida que mais parece um deserto. A saudade da estação com Luís e suas castanhas e com aquela gente toda que vai e vem me invade. Uma estação onde você pode se perder e se sentir seguro, desde que consiga evitar o Papai Noel.

A sombra grande vai embora. Fica só aquela coisa pequena. Abro a porta e ela me vê. Tem mais alguma coisa entre suas lágrimas. Talvez um pedaço do cristalino que descolou com o esforço de não sentir dor.

As salamandras machucam os inimigos. Você vai ver, Clara. Você vai ver. Você será capaz de se tornar uma sombra grande.

Preciso ligar para o Ângelo.

Capítulo 13

Ângelo e o Natal

— Você tem certeza de que está bem? Não reclamou uma única vez. Eu não esperava isso de você. Você me traiu. E me deixou aqui, sozinho.

Papai ri. É um velho resmungão.

– Está bem! Só me faltava uma discussão na manhã de Natal. Coragem, temos muito o que fazer. Vamos terminar logo com isso.

Essa é minha mãe. Ela, no entanto, não ri. Como alguém poderia rir se estivesse na situação dela? Sentada no carro com uma enorme panela sobre os joelhos, com uma quantidade industrial de cozido misto em alguns litros de caldo, tentando desesperadamente não virar tudo por cima dela mesma.

Mas mamãe não sorri porque não tem o menor senso de humor. É daquele tipo que não entende quando alguém está brincando e acaba levando tudo extremamente a sério. Além disso, ela é muito *esquentadinha*. Por isso, se ela entende errado alguma coisa, fica furiosa.

Estamos no carro e, até agora, o recital de Natal – como eu o chamo – se desenrolou de acordo com o eterno roteiro que se mostra implacável desde quando *me conheço por gente*. Com exceção do fato que, pela primeira vez na vida, não reclamei de tudo isso. Sim, porque todos sempre se lembram de que as primeiras palavras – sim, as

Ângelo e o Natal

primeiras palavras – que eu pronunciei depois de "mamãe", "papai" e "cocô" foram as sonoras "não vô", referindo-me ao Natal na casa da vovó.

Na verdade, papai nunca nos deixa esquecer que essa foi a primeira frase com sentido completo que pronunciei em minha vida. Ainda que composta por somente duas palavras, ela exprimia muito bem um conceito com o qual ele, desde sempre, é plenamente de acordo. E que, segundo ele, é digno de um caráter particularmente forte.

Mas este ano eu não sentia vontade de discutir e, além disso, estava aproveitando o tempo da viagem para mandar *torpedinhos* para Constância.

Fazendo um breve resumo: na minha família existe uma lei – que não está escrita, mesmo assim não admite transgressão, de jeito nenhum, sob pena de sanções desconhecidas, porém absurdamente severas – que prega um único e brevíssimo artigo, qual seja, "o Natal deve ser passado na casa da vovó". Para ser específico, na casa da mãe da minha mãe.

Para mim, sempre foi assim, desde que vim ao mundo. No dia de São Estêvão[5], porém, são os pais do meu pai que vêm à nossa casa.

Meu avô, pai da minha mãe, já morreu. Não me lembro dele. Isso aconteceu quando eu tinha menos de 1 ano. E, desde então, a vovó ficou com depressão – ao menos foi o que meu pai falou inicialmente.

Quando eu era pequeno, achava que a depressão da vovó fosse uma coisa estranha e exótica e que tivesse alguma coisa a ver com o mar Cáspio. Eu ouvia aquela palavra só em casa. Depois, na escola, vi a mesma palavra escrita sobre o mapa da Europa, em baixo, à direita: "Depressão cáspia", em uma zona colorida de verde mais escuro.

Assim, um dia, perguntei à mamãe o que a vovó tinha a ver com o mar Cáspio. E ela me explicou que a depressão da vovó é uma doença. Que a impede de sorrir, de ir à nossa casa, de pegar o trem, de entrar em um carro. Por isso, precisamos ir até a casa dela.

Por um lado isso não é tão ruim. A vovó não economiza com presentes e sempre nos dá uma *graninha*. Mas esse é o único ponto positivo.

Em todo resto, o Natal é uma tristeza infinita. Um roteiro mal interpretado.

Sempre levantamos cedo. Eu, papai, mamãe e Carla – minha irmã – trocamos os presentes que estão sob a árvore. E essa é a melhor parte. Mas fazemos tudo rápido porque minha mãe precisa cozinhar para toda a família e fica muito ansiosa com isso.

Quando ela termina de fazer isso, pegamos as panelas, travessas, frigideiras, pratos, bandejas, todo tipo de coisa, embalamos tudo para que não estrague e carregamos para o carro. O que leva meu pai a pronunciar, antes da partida, sempre a mesma frase: "Vamos tentar não fazer como alguns anos atrás", referindo-se àquela vez em que uma panela inteira de molho virou no banco traseiro. Eu era pequeno, mas lembro que o Natal era animado e agradável até que houve a grande briga entre meu pai e minha mãe por conta desse acontecimento. O cheiro daquele molho ficou no carro durante meses, e eu ficava enjoado todas as vezes que entrava nele.

Depois, enchemos sacolinhas e sacolões com os presentes para a vovó e para os tios, que não têm filhos. Então, vamos a uma velocidade supersônica em direção à casa dela, para preparar tudo rapidamente, pois ela está acostumada a almoçar sempre ao meio-dia em ponto e tem uma crise se alguém se atrasar.

Isso significa que ela tem crises regulares, porque meus tios – especificamente a irmã de minha mãe e seu marido – chegam sempre atrasados. Não me lembro de uma única vez em que eles tenham chegado no horário. Então, a vovó fica zanzando pela casa, olhando para o relógio que fica perto da entrada – um velho relógio de pêndulo que faz um tique-taque inquietante que, se comparado ao Big Ben, é um chocalho para recém-nascidos – e dizendo a cada trinta segundos: "Será que aconteceu alguma coisa?"

Então, meu pai se enfurece. Já não morre de amores pelos cunhados. Chama-os de Barbie e Ken, o que até que é adequado, pois estão sempre bronzeados e com corpo sarado. Começa a resmungar e a falar de respeito pelos outros: afinal, quem eles pensam que são? Só porque são uns gênios do computador e andam de BMW e viajam para as Maldivas, acham que podem fazer o que bem entendem?

Sim, papai não gosta muito deles. Eu até os acho simpáticos. Vejo-os poucas vezes ao ano, mas sempre recebo presentes e um envelope, no meu aniversário e no Natal, com cem euros.

Mas meu pai é muito diferente deles. Tanto quanto pode ser um professor de história da arte em comparação com duas pessoas formadas em engenharia da computação que viajam pelo mundo para prestar assistência a computadores complicadíssimos.

E, de fato, acaba quase sempre discutindo com eles. Pelo menos até a hora em que a mamãe lança um olhar congelante para ele. Não que ela não concorde com ele, mas não quer que se discuta na frente da vovó, no que ela tem toda razão.

No almoço, comemos sempre as mesmas coisas. Tortelines ao molho e cozido misto.

– Atílio gostava disso – vovó sempre diz, a respeito do meu avô.

Fatalmente, a cada encontro de Natal, ela acaba chorando. E todos ficamos constrangidos. Uma vez, ela chegou até a pôr um lugar para o vovô à mesa. Eu era pequeno. Papai, sem dizer nada, pegou Carla e eu, vestiu-nos e nos levou embora.

Mamãe foi nos encontrar quando já estávamos sentados em uma pizzaria. Quando voltamos, o prato extra tinha desaparecido.

Então, trocamos os presentes. Papai sempre ganha um blusão. Mas é a mamãe quem o compra para que vovó dê a ele, pois ela não seria capaz de fazer isso. Ele gosta dos blusões e diz que vai acabar organizando seu blusões por anos, como faz com os vinhos.

A única coisa boa é que às 14 horas já está tudo terminado. Então, enquanto a mamãe fica na vovó com sua irmã; eu, papai, meu tio e Carla normalmente vamos ao cinema.

Mas este ano eu não estou a fim desses filmes de Natal babacas. Por isso, falo que quero voltar para casa. Então, Carla me dá uma carona. Ela já é adulta e tem carteira de motorista.

– Eu vi você outro dia, sabe? Ela é bonita. Como se chama? – pergunta Carla.

Olho para ela e fico vermelho.

Ela ri.

– É sério. Ela é muito bonita e está apaixonada por você. Dá para ver a um quilômetro de distância. E você, está apaixonado por ela?

Fico ainda mais vermelho. Já devo estar roxo. Sinto meu rosto queimando. Queria dizer a ela que cuidasse da sua vida. Queria perguntar a ela como conseguiu entender tudo isso em uma simples olhada à distância, pois eu não percebi que ela tivesse nos visto. Mas só sai um gemido incompreensível da minha garganta. Então, fico com raiva de mim mesmo. E dela. Porque ela está se divertindo comigo. Dá para perceber.

Então, olho para ela e seu sorriso desmancha toda minha raiva. Ela toca meus cabelos com a mão. É um gesto de infinita ternura.

– O meu irmãozinho... – ela diz.

Depois, continua.

– Vocês estavam na estação. Eu estava chegando da universidade. Vocês estavam lindos.

Ela para. Chegamos. Eu desço.

Ela dá um tchau com a mão e se despede.

Tenho que mandar um *SMS* para Constância.

Capítulo 14

As garotas e a felicidade

— Você está com uma cara estranha – diz minha mãe, que me observa. Grande novidade.
– Estranha como?
– Não sei. Será que você está gripada? Parece que vai espirrar.
– Valeu, mãe.

Ela ri e sai, carregando o assado para colocar no forno. É Natal. As luzes da árvore estão acesas e, sob elas, os pacotes cintilam e escondem um pequeno presépio. É Natal. Ainda é muito cedo, mas eu não conseguia dormir. Meu pai, por sua vez, está aproveitando para fazer isso. Os rumores da cozinha me fizeram pensar que daqui a pouco será novamente de tarde, e meu estômago começa a resmungar. É estranho. Quando eu penso no Ângelo, fico com fome. Meu Deus, em que eu vou me transformar? Em uma espécie de baleia? Primeiro, abstinência de comida; agora, eu comeria o mundo!

– Sério, Constância. Vamos medir sua temperatura? Não falta mais nada para o dia de Natal.

– Não, mãe. Olhe só, minha testa está fria.

Eu queria contar para ela que estou feliz. Feliz de um jeito especial e, por isso, diferente. Porque agora eu entendo que não existe um só momento para ser feliz que não valha para todos os outros. Hoje é Natal e eu estou feliz. E não sei por quanto tempo poderei estar feliz – porque nem pode durar tanto assim com esta fome contínua, com esta ausência de sono, com esta vontade de não pensar em mais ninguém e com este desinteresse pelos problemas dos outros. Como se o mundo tivesse diminuído de tamanho e só eu existisse nele, com minhas sete pernas, com meus doze braços, vinte estômagos e cinquenta olhos. Tudo aumentado. Quanto tempo isso irá durar? Ataco um biscoito e quase o engulo inteiro. Quanto? Mas será que isso é realmente importante, o quanto? Vou em frente, vou em frente com minhas sete pernas com quatorze pés e sei que haverá uma parada em algum lugar. Um semáforo vermelho.

Mas agora eu estou feliz e creio que isso é o que importa.

– Você é feliz, mamãe?

Ela fica paralisada com o pano de prato em uma mão e a travessa de aço inox em outra. Olha para mim por um instante e depois desvia o olhar. Quem sabe para onde ela vai, atrás de quais lembranças ou para trás de quais panelas de inox; vai atrás do assado que está no forno ou mais longe, em direção aos seus cabelos bem penteados, recém-saídos do cabeleireiro; vai atrás das ilhas que nunca conheceu, mas com as quais sonhou tantas vezes; ou em direção ao seu escritório, onde guarda um batom secreto na gaveta – que eu vi uma vez nos seus lábios e que ela tratou de tirar com a língua, dando lambidas. Você também vai em direção a uma estação onde deixou um pedaço do seu coração? Vai atrás de quê, mamãe?

– Mas é claro.

Mas é claro. Mas é claro. Sei. Você não é feliz. Não é possível ser tão feliz quanto eu. Não todo o tempo. Normal. Eu também serei assim. Mas não importa, não importa. Um presente. A felicidade. Os presentes acabam se gastando de tanto serem usados, isso é normal. Normal. Um presente que aparece de vez em quando e dá forças para mandar o mundo ao diabo quando você precisa. Um presente para os momentos escuros e tristes. E, se não houvesse esses momentos sombrios e tristes, como diabos você faria?

Eu vi Clara feliz, muito feliz, dois anos atrás, no passeio a Veneza. Ela, que adora água, ali, num mundo de água. Seus olhos brilhavam, chegando quase a chorar quando estava na lancha. Ela não falou quase nada durante a metade do dia. Sim, eu também estava feliz. Mas não tão feliz quanto ela. Cada um tem a sua forma de ser feliz. Eu acho. Ou melhor, eu tenho certeza disso.

Vem a ideia de irmos, ela e eu, a Veneza. Ou talvez a alguma fonte, para olhar a água. Sim, mas agora as fontes estão geladas. A água. Parada. Imóvel. Sei que ela gosta da água porque ela corre, borbulhando, sem se importar qual é o caminho certo. A água não olha à sua volta, vai pelo caminho que dá e, quando você tenta pará-la, ela encontra novos caminhos. Ela faz seus caminhos.

Ela me disse isso quando a professora queria que saísse de uma vez da Ponte dos Suspiros[6]. Eu disse que ela era doida, que seria doida e se perderia para chegar ao hotel. E que perderia o Fábio tocando umas músicas no violão. Ele é ótimo na Renga[7] e no rock, e faz a gente rir imitando todos os professores, principalmente aquele de desenho que é apaixonado por bandanas e que todos os dias amarra uma diferente na cabeça. E que perderia a honra de passar a noite inteira acordada fazendo coisas estúpidas com os travesseiros voando, com os cigarros girando e com os intermináveis pensamentos. Se você não for embora agora, aquela lá vai se enfurecer e acabar punindo todos nós.

Dessa forma, ela se deixou ser levada embora. Mas com certeza não fez isso por nós. Que nada. Tenho certeza de que não. A punição certamente seria deixá-la no hotel durante todo o dia seguinte e chamar seus pais. Ela acabaria perdendo o *vaporetto*[8], a Ponte do Rialto e todas as águas de onde surgem as casas e os palácios, como se fosse a barriga de uma boa mãe.

Ela estava tão feliz no dia seguinte. Se é verdade que nós temos uma alma, a alma de quem está feliz deve se alargar e se alongar até sair do corpo, como um elástico. E fica lá fora porque há tanta coisa para experimentar, tantos sentimentos para acariciar e tantas vozes para ouvir. Ela se faz amar e embalar como criança mimada e é bastante egoísta porque sabe que não poderá ficar eternamente lá fora, contemplando aquele céu e aquelas nuvens e aquela cor que poucos sabem chamar pelo nome correto. O nome certo para uma cor. O nome certo para um rosto, para dois olhos e um sorriso. Um elástico, quando esticado, mais cedo ou mais tarde volta para a sua forma normal.

Ninguém estava notando como Clara estava feliz naquele dia. Nem mesmo eu, para dizer a verdade, porque eu imaginava que felicidade fosse uma coisa diferente.

Clara estava assim, feliz.

Agora não está mais.

– Feliz Natal – diz papai em meio a um bocejo, espreguiçando-se em seu pijama de flanela e coçando a barba. Ele tem uma barba linda, com reflexos vermelhos.

– Feliz Natal, papai.

Eu o abraço e sinto o cheiro da felicidade. Talvez seja o meu próprio cheiro. Não estou enganada, não. É o meu cheiro. Talvez o cheiro dele tenha se evaporado com o tempo. A felicidade deve ter um cheiro, assim como as lágrimas, o pão e também o assado que está no forno, que enche a casa toda com seu aroma.

Sinto vontade de perguntar ao papai qual é o cheiro da felicidade. Mas acabo ficando calada e indo para frente da árvore cheia de luzes brilhantes que está perto da janela. Pelo vidro que embaça com meu hálito, vejo a neve se acumulando no meio-fio da rua que ainda está deserta. E ouço a conversa dos meus pais, que estão repetindo, pela centésima vez, que está quase na hora de os meus avós chegarem e que é preciso buscá-los na estação.

As pantufas são quentinhas e confortáveis, mas meus pés já estão em outros sapatos, em uma tarde com a neve de um Natal muito feliz. Neste ano.

Capítulo 15

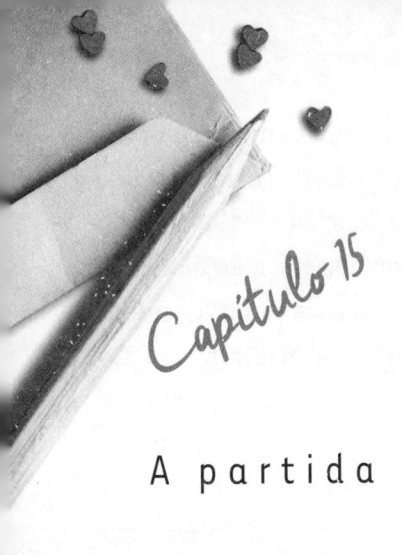

A partida

Que partida mais morna! Os dois times são fracos demais para vencer e fortes demais para perder. Assim, já faz uma hora que estamos passando a bola no meio de campo. E está mesmo frio nesta véspera de Natal. Mas o que deu nessa gente de marcar uma partida logo hoje?

– Ei, Ângelo! Acorde! – grita o treinador.

Ok, chefe! Não precisa explodir meus tímpanos. Não tem problema! Eu já vi a bola chegando. Eu vi. E não tem ninguém que possa tirá-la de mim. Eu vi. Eu...

EU VI! É ela! Constância! Deve ter chegado agora. Tinha me dito que não poderia vir. Que tinha a partida de vôlei. Mas está lá, agarrada na grade de retenção. Está gritando. O que ela está dizendo?

Eu tenho que chutar bem essa bola. Para ela. Só para ela...

Agora todos estão gritando. Torcedores, companheiros de time, o técnico... Ah, mas ele está sempre gritando.

Mas o que estão dizendo? Ei, assim vocês vão me derrubar... Sinto cheiro de suor, de terra e grama molhada. O que estão dizendo?

Não importa! Só quero vê-la! Constância! Espere por mim! Constância! Constância!

Agora eu entendi. O pai do Mário havia levado a câmera e gravou tudo. No bar do campo esportivo tem uma televisão e, assim, eu pude ver o que fiz. Inacreditável! Mas era eu mesmo aquele lá? Sabe quando você sabe que é você, mas parece impossível que seja?!

Ainda que a gravação esteja um pouco tremida, dá para ver muito bem a bola chegando até mim pelo alto, em um lançamento. Eu a mato no peito, com estilo, no limite da minha área. Então, parto. Vou reto. Quando chego ao meio de campo, já driblei três adversários. Então, continuo. Passo por outros dois e entro na grande área.

No áudio, é possível ouvir claramente a voz do treinador deles gritando muito alto: "Parem esse cara! Segurem! Ele vai entrar no gol! Não é possível!"

Aquele *carniceiro* do centroavante deles vem para cima de mim. Entra em cheio dando um carrinho na minha canela com os dois pés juntos. Faço a bola passar por cima das pernas dele, dou um salto, desvio-me da entrada dele e caio em cima de uma das suas pernas.

Dá para ouvir o grito dele, mas já estou na altura da marca de pênalti. Por um segundo, vejo a cara do goleiro na minha frente, tentando me impedir. Mas já é tarde.

Eu me oriento e, exatamente de cima da marca, fuzilo o gol com um chute. O goleiro tenta defender, porém não consegue. Para sorte dele, porque teria machucado a mão. A bola teria entrado por um lado e saído de outro. Nem mesmo o Buffon teria conseguido defender essa! Termina em cheio no meio da rede! E eu nem usei telecomando!

Depois disso, vejo todos correrem ao meu encontro e me abraçarem. Ouço os gritos. Principalmente do treinador. Mas dessa cena eu me lembro bem. De qualquer forma, é engraçado vê-la por outro ângulo.

Então, a câmera enquadra o centroavante do time adversário, estendido no chão, segurando a perna. Disseram que ele foi levado para o hospital, mas que não deve ter quebrado ou rompido nada. Mas levou um belo *pisão*. Bem feito. Volto um pouco a gravação e vejo nitidamente que, se ele tivesse me atingido, teria quebrado meu tornozelo.

Mas na verdade voltei a gravação por outro motivo. Depois do gol, a câmera focaliza a torcida que grita. Dá para ver perfeitamente Constância aos berros. Sei que não é ela. Nem se parece com ela. Só está usando um casaco igual ao dela. E talvez os cabelos...

Começo a rir quando me dizem que é a namorada do número 5, daquele que eu esmigalhei. Por isso ela estava berrando. Ela não estava me incentivando. Estava me xingando! Consigo até ler parcialmente os seus lábios. Se o que ela me desejou se realizasse, eu acabaria com lepra em um hospital ou vivendo debaixo de alguma ponte.

Seja como for, não era ela. Lamento que ela não tenha visto o que eu fiz. Só para ela. Ainda que não tenha me dado conta do que eu estava fazendo.

Vou pedir uma cópia do vídeo. Vai ser legal mostrar para ela e contar tudo que aconteceu.

Capítulo 16

O convite

Na saída da escola eu a vejo. Nini. Nini, que é o apelido da Domênica[9], um nome que sempre achei engraçado. Por um lado, sempre me lembro de Quinta-Feira, aquele personagem do Robinson Crusoé; por outro me lembro da minha tia Mênica – na verdade, a tia da mamãe, que nunca se casou e que me beija mantendo todo o corpo e os lábios à distância, como se tivesse medo de tocar em mim.

Quem sabe se ela nasceu em um domingo, assim como Quinta-Feira nasceu na quinta-feira?

Mas Nini é uma das garotas mais lindas da escola. Qualquer um morreria por ela. E ela está vindo atrás de mim. Eu me viro. Não há mais ninguém. Ela olha para mim. E depois solta a bomba.

– Sábado à noite é minha festa de aniversário. Se você quiser ir...

Ela me entrega um cartãozinho.

– Olhe, aqui está o convite. É só para você saber onde é. Tem um mapinha.

Então, ela se vira e se afasta. Dá alguns passos e se vira novamente. Olha para mim e, no seu olhar, estão mil palavras.

– O convite é só para uma pessoa.

Eu quase disse que no sábado a Constância estaria na casa dos avós, com toda sua família, mas mordo minha língua. Entendi o que estava subentendido. Ela convidou só a mim para a festa. Só a mim.

Caraca! O que eu faço? E se ela também quiser... Não é possível! Não é possível uma coisa dessas! Primeiro a Constância, agora a Nini. Em algumas semanas. Estou batendo os recordes mundiais.

Mas, então, é mesmo verdade aquilo que Roberto sempre diz. As garotas percebem se um... se um... Enfim, se você já transou ou... Bem, se você chegou perto. Se beijou uma garota. Se uma garota está apaixonada por você.

Roberto não tem nenhuma dúvida sobre isso.

– É assim, estou lhe dizendo. Elas têm umas antenas que a gente nem sonha. Pescam no ar o cara de que a outra garota gosta, porque isso é garantia de que ele sabe fazer a coisa, que não é um atrapalhado.

– Sim, mas eu ficaria atrapalhado com ela de qualquer jeito. Ela é muito linda. E elegante. E todos os caras correm atrás dela. Tem até um cara, um universitário, que tem um Fiat coupé e que volta e meia está esperando por ela na frente da escola.

– Aff... Um Fiat coupé... Um carro velho, do tipo "eu queria, mas não posso". Nem é um Porsche. Ou, pelo menos, um BMW. Vai ver ele comprou um usado. Ela nem olha para aquele cara. Nunca a vi entrar no carro dele.

– Mas no Range Rover do irmão do Leandro, aquele da turma 5A, ela sobe.

– O que você está falando? Ele aproveita que tem que levar a irmã para casa e dá uma carona para ela. Ainda que...

Ah, pois é... Ainda que... Aquele lá até pode ter a cara meio de babaca, mas não é tão atrapalhado quanto eu.

– E então?

– E então? Você ainda pergunta? Ela quer você! Agora depende só de você!

– Mas as garotas sempre querem caras mais velhos. A professora de italiano disse que as garotas amadurecem mais cedo. O que ela vai querer com alguém da minha idade? Eu nem tenho carro!

– E a Constância? Ela não é mais velha do que você?

Ele tem razão, Constância é alguns meses mais velha do que eu. Mas a Constância não conta. Ela é *o* Amor. Com ela, tudo é tão fácil. É outra coisa. Mas eu não vou dizer isso a ele. Até porque ele começou a falar as asneiras de sempre.

– Então, veja só. Essa história de maturidade é uma bobagem. O meu velho amigo, por exemplo, já está maduro há anos.

O gesto que se segue não deixa dúvidas. Braço dobrado, antebraço levantado, punho cerrado. Que idiota!

– Lembre-se de que eu já vi você pelado mais de uma vez e...

Ele já entendeu aonde quero chegar com isso. Uma vez, na piscina, havia uma garotinha junto com o pai no vestiário masculino. Quando ela entrou, eu e Roberto estávamos nus. Nós nos cobrimos rapidamente, mas ouvimos perfeitamente a voz da menina: "Aquele ali tem o menor de todos", sentenciou a garotinha, apontando para o Roberto.

No fundo, senti uma certa felicidade. Principalmente porque não foi para mim que ela apontou. Mas eu nunca usei essa história para *tirar uma onda* com ele. Afinal, ele é meu amigo e o quero muito bem. Ele sabe disso. E é grato por isso. Mas fica incomodado a cada vez que esse assunto vem à tona. Começa a rir, mas dá para ver que fica sem graça.

– Bom, era você quem estava pelado na minha frente. E era só o que me faltava que alguma coisa ao sul do meu umbigo se movesse por sua causa. Não sou gay. Você deveria me ver nu quando olho para sua irmã.

Isso me deixa ainda mais enojado. Eu não consigo nem pensar em beijar um garoto da forma como beijei Constância. Mas se a pessoa gosta... Isso é com ela. E ninguém tem o direito de insultá-la.

Mas fico mais irritado quando ele fala assim da minha irmã.

– Minha irmã tem 21 anos e jamais olharia para alguém como você. Nem com o canto do olho.

Mas ele não se dá por vencido e continua.

– Isso porque ela não conhece o meu velho amigo!

Nem respondo. Com ele, é inútil falar de certas coisas. Somos colegas desde o jardim de infância, mas às vezes eu simplesmente não o suporto.

E ele continua:

– Seja como for, ela convidou você. E você vai ser um idiota se não fizer nada. Cada oportunidade perdida não volta mais, é o que diz meu irmão.

Lembro-me de uma vez em que meu pai disse a mesma coisa, em um jantar com os amigos, e minha mãe ficou realmente furiosa.

– Mas eu... E Constância...

Percebo que essa é uma defesa *pro forma*. Estou apaixonado pela Constância, é verdade, mas, afinal, que mal teria se...

Eu já sei a resposta dele antes mesmo que a pronuncie.

– Você não está casado com ela. Tem 16 anos... E, além disso, o coração não sente o que os olhos não veem.

– Não sabia que você era conhecedor de provérbios.

– Os que servem para alguma coisa, sim.

– Diga...

Roberto me olha. Ele já sabe o que quero perguntar, mas me deixa terminar a frase.

– Você me emprestaria sua moto no sábado? Você tem jogo... Eu deixo o tanque cheio.

Eu sei que ele não gosta de emprestar a moto. E sei que isso me custará dezenas de favores por, pelo menos, um ano. Mas ele não pode me dizer um não.

De fato.

– Levo a chave sábado de manhã, na escola.

Capítulo 17

As garotas e o sexo

— Talvez você deva fazer alguma coisa – digo a Clara.
– Em que sentido?

Não tenho coragem de dizer, de mencionar aquela palavra. O verbo. Sinto-me impotente. Eu estou tão feliz. Ângelo foi visitar uns tios por alguns dias. Ele me manda mensagens de beijos e fogos de artifício, de coisas idiotamente lindas, mas isso não é suficiente. Sinto falta dele.

Olho para Clara e me envergonho. A cada dia que passa ela está pior. Está ficando transparente. Estranho... Quando uma mulher engravida, normalmente engorda. Mas o que eu sei sobre tudo isso? Muito pouco ou quase nada. Como é sentir alguma coisa crescendo dentro de você, comendo aquilo que você come, vendo aquilo que você é por dentro? Oh, meu Deus. É terrível!

A estação está quase deserta. No final do dia, o ar aqui se torna um pouco mais respirável. Os bancos de ferro estão quase todos livres, mas nós somos fiéis aos bancos de madeira.

– Por que nós sempre acabamos vindo aqui? – pergunto.
– Você que é doente pelas estações de trem.
– Você também. Não negue.
– Bom, a verdade é que as nossas melhores rimas foram feitas aqui.
– Chefe da estação retardado, trem atrasado.

Caímos na risada. Finalmente ela ri.

– Você já pensou em abortar?

Saiu da minha boca como um gemido. Não deveria ter saído assim, como uma pergunta banal. Não deveria ser algo como: você viu o último filme do Muccino? Você comeu mamão? Carregou o celular? Sim. Não. Eu a vejo entristecer.

– Desculpe, desculpe. Sou muito inconveniente.
– Imagine. Penso nisso toda hora, a cada minuto, a cada segundo.

Ela tem os olhos secos. Finalmente compreendo seu segredo. Clara tem as lágrimas sólidas. Devem ter se cristalizado dentro dos olhos.

Segura minha mão. Minha mão está fria e vermelha e com as unhas meio descuidadas.

– O que são todas essas pintinhas? Até no seu braço... – ela me pergunta.
– Ah, nada. Acho que é alguma alergia à resina dos pinheiros.
– Pinheiros? E de onde você tirou isso?

Sinto o vermelhão tomando conta de meu rosto e me sinto uma idiota. Então, caio na risada. Ela ri comigo.

– Não... Não me diga que... Você transou?! *Caraca*! No meio dos pinheiros?! Bom, melhor do que no banco de um carro. Sexo no bosque, enrosque e desenrosque...
– Não, não... Quer dizer... Quase. Enfim... Não era ainda o momento. Ao menos eu acho. Oh, Clara. Mas o que isso importa agora? É você que...
– Eu sou a estúpida! Pode dizer.
– Mas o que eu posso dizer de você? Puxa, Clara. É você quem precisa de ajuda. Quem é esse canalha que deixou você sozinha em um momento como esse?
– Você falou bem. Canalha. Mas ele não sabe. E não quero saiba. Você entendeu, Consta?

Levanta a voz. Há quanto tempo ela não me chamava de Consta... Desde o solene juramento sobre o terrível segredo: *"Eu vi um homem pelado. Nu. Nuzinho. É mesmo? Quem era? O professor de natação. Quando ele estava subindo as escadas da piscina, o calção caiu até os* joelhos. *Meu Deus, meu Deus! Como era? Terrível. Cheio de pelos e enroscado. Enroscado? Em que sentido? Como uma espiral? Hum...Sim, quase. Mas jure que você não vai contar para ninguém. Jure. Jure, Consta..."*

Deve ter entendido meu sorriso amarelo. Um instante mais de silêncio e, então, dá de ombros.

– Eu não quero que ele saiba.

Agora ela está sussurrando e tudo parece ser ainda pior do que eu imaginava.

– Por quê? Será que eu entendi? Ele é casado? É noivo? Vive com alguém? É um desempregado, imigrante ilegal? Sem teto, doente? Está à beira da morte? Na fila de transplante de fígado? Mas, afinal, quem é?

Não sorri. Não responde. Com o bico da bota, chuta um pacote vazio de salgadinhos e algumas migalhas saltam para fora. As pombas agradecem.

– Amanhã vou à ginecologista. Marquei uma consulta.

Está falando sério. É tudo verdade. Não é conversa. Temos 17 anos incompletos, as mochilas cheias de livros e trabalhos para fazer nas férias que ocupam quase todas as páginas dos nossos diários. Ainda fazemos festas de aniversário com bolo e velinhas e usamos camisetas desbotadas sobre os tops que sustentam nossos seios que, espero, ainda hão de crescer. E ainda temos gestos de amor para aprender e carícias profundas para compreender. E acontece isso.

Penso nos pais dela. *Caraca.* "O tailleur cinza", como Clara chama sua mãe, advogada. Seu pai é um químico de cabelos despenteados. Muito trabalho. Muito.

Como todos. Como todos, enchendo frascos vazios com o fundo rachado. Como minha mãe, que é funcionária pública mal remunerada, com um batom secreto na gaveta, e como meu pai, gerente do setor de bazar de um supermercado de periferia que, em certas noites, parece estar perdido, como se tivesse se enganado de endereço. Cansado demais.

– Então, você não vai me perguntar o que eu vou fazer?

– Vou, sim. Mas antes vou com você na ginecologista.

A médica se chama Sabrina. Abre a porta e sorri, mostrando seus dentes imperfeitos. Clara a olha dentro dos seus óculos absolutamente limpos. Eu sei o que ela está pensando. Está com o mesmo olhar cheio de medo e de raiva de quando fazia aulas de natação e não conseguia aprender a nadar.

O professor a empurrava do trampolim de repente, uma brincadeira nada divertida. Todos riam e ela apertava seus olhos, afundava na água e, quando emergia, estava com aquele olhar. Com cloro. Por sorte, a água sempre soube acolhê-la sem machucá-la.

O consultório é particular. Ela não tem problema de dinheiro. Pelo menos para isso. Em um canto da sala, está uma escrivaninha e, no outro, uma mesa de exame. Clara tira a roupa atrás de um biombo. Eu me sento e espero com a cabeça baixa. Nunca fui a uma ginecologista. Espio minha amiga se deitando e apoiando as pernas abertas em uma espécie de poleiro. A médica apalpa sua barriga e depois coloca luvas. Com a mão, vai procurando um ponto específico entre as coxas de Clara.

Fecho minhas pernas instintivamente. Como se ela estivesse explorando meu corpo. Há um silêncio estranho. Só o barulho do sistema de aquecimento, na temperatura máxima. Então, a médica começa a falar. Quase como se estivesse falando sozinha. Clara nem respira. Não vejo o rosto dela. Somente suas pernas magras, penduradas.

– Você já pode se vestir. Vamos fazer uma ecografia.

O consultório fica quase que totalmente escuro. A imagem no monitor treme um pouco.

– Você também quer ver? – ela me pergunta gentilmente.

Sei lá, eu quase respondo. Mas em vez disso me aproximo, seguro a mão de Clara e a sinto quase vibrando. Está com medo. Muito medo.

Na tela, aparece uma série de manchas escuras de vários tons de cinza. Então, uma mancha se abre em uma espécie de corola. Como somos por dentro... Uma série de túneis, de vasos sanguíneos, de pedaços de carne.

– Você tem um belo útero. É uma garota saudável.

Seguro a respiração. A médica não ri, não sorri. Está seriíssima.

– Quando foi o seu último ciclo?

Sinto a mão de Clara soltar a minha. Ela quer ficar sozinha agora. Ela é assim. Sempre querendo enfrentar os dragões sozinha.

– Dois meses atrás.

– E a última relação completa? Sem proteção?

Ela nem respira. Nem leva tempo pensando. Quem sabe quantas vezes já pensou nisso. Sem proteção. Isso poderia ter acontecido comigo também, no bosque encantado. Mas com Clara, sempre tão atenta! Ela, que sabe colocar tudo em seus devidos lugares! Um, dois, três. A, B, C. Quem sabe quantas contas com dias, horas e minutos ela já deve ter feito.

– Logo depois do ciclo. Quase dois meses atrás.

– E o teste de gravidez deu positivo? Você fez sozinha? Uma semana atrás?

Ela não responde. Balança a cabeça concordando e, então, alonga o braço para pegar uma caixinha azul de dentro da mochila. Entrega a caixinha à médica, que olha, com grande interesse, para a coloração rosa de uma espécie de absorvente interno que está dentro de um vidrinho transparente.

– Minha nossa. Como estão resistentes agora. Aguentou todo esse tempo. Dois anos atrás, os tampões voltavam à cor original depois de apenas algumas horas.

Então, acontece. A médica manobra aquela espécie de *joystick* que está segurando, e a tela se enche de movimento. Um movimento rápido, como uma respiração acelerada. Um caroço que se move ao ritmo de um tambor enlouquecido. O movimento não para. Eu fico esperando que pare, ao menos por um instante. Que pare, que cale aquele *tam--tam-tam-tam* que ecoa para fora da tela e que invade meu cérebro. Pare, pare. Desapareça. Vá embora. Aquele caroço é tão pequeno. Não pode fazer assim, tanto barulho. Isso parece uma convulsão. Pare agora. E tudo irá voltar ao normal. Clara ficará novamente feliz e vamos ver a água.

– É o coração – sussurra a médica, tocando os óculos.

Janeiro, dezembro, novembro. Dois meses atrás. O que eu estava fazendo dois meses atrás?

Não me lembro de nada. Só sei que ainda não conhecia o Ângelo.

Quando saímos do consultório, já estava quase escuro lá fora. Na bolsa, papéis, muitos papéis, onde estão escritas muitas coisas absurdas. Grávida. Gestante. Exames a serem feitos. Para verificar a ferritina. Quem se importa com a ferritina? Encaminhamento para outra médica, doutora Marella, do posto de saúde. Marella. Isso é nome ou sobrenome?

Ela ainda pode optar pela interrupção. Ah, sim. O movimento que se interrompe. Termina. Nem é bem um coração, coração. É uma espécie de mancha dentro de um monitor que fica tremendo. Clara entendeu isso? Ela ainda pode. Por pouco tempo. Já esperou demais. Mas ainda pode escolher. Escolher. Uma coisa ou outra. Tem que escolher o seu time. Dar um golpe de sorte. Escolher. Não é assim? É tão simples. É só ir para o lado certo, para o lado que é melhor para você. Vá logo! Mas para onde, diabos, ela vai?

– Não diga nada a ninguém. Você jura, Consta?

– E você precisa me pedir? É claro que não vou dizer. Por que você não confia em mim?

– Não, não é isso. Eu não confio em mim. Em você eu confio. Sempre.

Ouvimos gritos atrás de nós. Olho em volta. Um campo de futebol. Oh, Deus! Claro. Ângelo me disse que às vezes vem treinar aqui com seus amigos, quando tem aula à tarde. Gritos, palavrões, risadas. Seria lindo encontrá-lo aqui. Detenho meu olhar em uma bola que voa. Ela passa pela cerca baixa e, como um projétil, acerta as costas de Clara. Sua mochila cai e parece vomitar todos aqueles papéis cheios de absur-dos. Oh, Deus. Está tudo tão difícil. E, enquanto recolho aqueles pa-péis, muito pesados, e penso na ferritina, um garoto cheio de espinhas se aproxima, assobiando e rindo.

– Eu tenho uma boa mira. Não tem lugar melhor para uma bola parar.

Ele me olha de um jeito estranho, como se me conhecesse. Pega a bola que rolou para os meus pés e continua olhando para mim. Talvez eu já o tenha visto durante a manifestação de greve ou talvez na estação. Não me esforço para lembrar. Não tenho o menor interesse.

Alguém no campo grita "Roberto" e ele se vira irritado no exato momento em que a doutora Sabrina desce do consultório e me chama. Esqueci meu celular. Veja se pode uma coisa dessas... Ela me devolve o aparelho e diz que tudo vai dar certo. Imediatamente eu vejo se chegou alguma mensagem. Quando volto a olhar para Clara, a bola já desapareceu. E tudo está ainda mais escuro.

Capítulo 18

O acidente

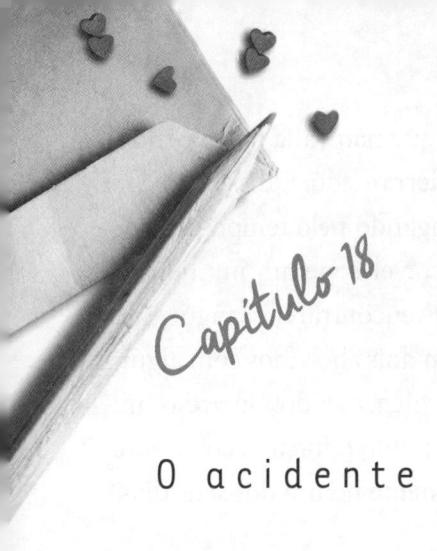

Esses olhares são insuportáveis. Os olhares. O resto não. Porque não há mais nada à minha volta. Só os olhares.

Nenhuma palavra. No máximo um zumbido contínuo através do qual emerge, de vez em quando, alguma coisa incompreensível.

– Plano de...

– Multa.

– Eu não par...

– Anter....

– Dois em cima da mot...

E estão falando comigo. E sinto que minha voz está respondendo. Mas é outro Ângelo. Aquele não sou eu. Eu só sinto os olhares. De todos.

Dos policiais.

Dos enfermeiros que desceram da ambulância.

Das pessoas em volta.

Daqueles que pararam o carro, estacionando em qualquer lugar, só para ver o que aconteceu.

Para ver o quê? Mas o que vocês querem? Nunca viram um acidente? Vão... Não têm nada melhor para fazer? Nem morreu ninguém. Ainda que, neste momento, eu preferisse estar morto, estendido ali no asfalto. Melhor do que sentir esses olhares em cima de mim.

Começo a rir. Alguém da TV local disse que não valia a pena entrar com uma chamada se não houvesse sangue derramado. E disse isso com uma cara desiludida. Foram embora resmungando pelo tempo perdido. Alguém os chamou, falando de um acidente, e eles vieram munidos de câmera e furgão todo equipado. E, no lugar de encontrarem sangue e pedaços de cadáveres espalhados pela rua, viram dois abobados com alguns machucados. Porque o deus dos imbecis os protegeu. E dois guardas municipais entediados que faziam sua ronda, tentando reforçar a cor amarela do meio-fio com um frasco de spray claramente no fim dos seus dias.

O olhar do meu pai e da minha mãe.

Eles me viram rir e, provavelmente, estão se perguntando se o seu filho está desequilibrado. Eu mesmo começo a ter dúvidas sobre isso. Eles não deviam ter vindo aqui. Não deviam. Eu sabia. Mas fazer o que se você é tão imbecil a ponto de entrar com a moto no carro de uma senhora idosa que dirigia tranquilamente e que agora está estendida em uma ambulância por conta do susto que levou.

Telefonar aos pais imediatamente. E imediatamente eles chegam. No fim das contas, o idiota que se envolveu na confusão foi o filho deles. E com uma garota atrás, na carona. Sem capacete. O tonto também não usava capacete.

– Por sorte.

Papai está falando com os policiais.

"Como assim, por sorte?", eu me pergunto.

Tento explicar que o problema foi a linha branca. Ou melhor, a falta da linha branca. Como eu ia saber que recentemente tinham asfaltado a rua e que, por isso, haviam coberto a linha de indicação para dar a preferência?

Eu tinha visto o carro. Juro que tinha visto. Ele vinha pela esquerda. Então, a preferência deveria ser minha. Tive até tempo de reconhecer o modelo. Um carango de vinte anos atrás. Eu até disse isso aos policiais.

E eles me indicaram o maldito cartaz, bem ao meu lado. Claro como água. Triângulo branco com bordas vermelhas. Dar a preferência.

O acidente

Eu pensava que a preferência fosse minha. A velhinha pensou a mesma coisa. E ela estava com a razão.

Ela virou para pegar a rua lateral, por sorte. Se tivesse seguido reto, teria nos matado. Estaríamos com os ossos quebrados. Mas mesmo assim... Nem tive tempo para pensar. Só senti a batida e, em seguida, já estava estendido no asfalto. Com o único pensamento de que dessa vez tinha me dado mal de verdade.

– Por sorte, sim...

Dessa vez é o pai da Nini quem está falando. Ele me olha com cara feia. Mas o que foi que eu fiz com a filha dele? Está lá. Inteira. Ela só me pediu que a levasse para casa depois que...

Mas que porcaria de ideia eu fui ter? Estávamos ali, na festa. Eu dancei com ela. E a tinha beijado atrás de uma cortina. Nem parecia verdade. Eu tinha bebido uma cerveja. Ou duas. Todos já tinham ido embora. As palavras saíram assim, de repente.

– Venha, venha comigo. Quero que você veja um lugar muito bonito.

– Onde?

– Venha.

Caraca! Eu tinha levado a Constância lá e tudo tinha dado certo. Mas o que eu estava esperando? Que uma garota como ela se deitasse nas folhas de um pinheiro, assim, só por meu belo rosto?

Imediatamente pensei que isso era uma idiotice. Mas têm cobras, ela falou. E também me chamou de cretino. O que eu estava pensando... No fim das contas, eu era só um garoto. E ela estava acostumada com coisas bem diferentes.

Não, de fato ela não me disse isso, mas seu rosto espantado e o silêncio tenso me diziam isso e muito mais. Então, eu falei que a levaria para casa.

– Melhor assim – ela respondeu. E essas palavras foram uma grande merda.

– Claro, não se pode andar em dois na moto. Mas isso é coisa dessa garotada – continuou falando o pai da Nini, vestido de paletó e gravata. Está falando com os policiais.

Veja, senhor, tem gente por aí, uns caras mais velhos, que fizeram muito mais com sua filha do que levá-la na moto. Cuidado porque, daqui a pouco, ela vai aparecer grávida. Ou enrolada até os olhos, que não vão mais conseguir ler. São uns caras que já estão na universidade. Ou que trabalham. Os que trabalham são os piores. Dá para ver pelos carros que eles têm. São carros de quem tem grana, de quem gasta grana. Com certeza não são uns duros como eu. Eu, que pedi a moto emprestada para o Roberto. E que agora está lá, encostada em um carro estacionado.

– Vocês são dois inconsequentes – continua o pai de Nini.

Ele não está falando comigo, mas dá para ver que não vai com a minha cara. Provavelmente ele não ousa dizer tudo o que pensa porque meus pais estão aqui.

Nini, no entanto, continua sentada na maca da ambulância. Dá para vê-la entre dois enfermeiros. Estão cuidando de uma de suas pernas. Pois é, estava com uma minissaia. Demais aquela minissaia! Mas não era exatamente a melhor coisa para se usar quando se cai e se raspa uma perna no asfalto.

– Está bem. Eu acredito no senhor. Acredito se está me dizendo que minha filha está bem e que só tem alguns arranhões. Mas me faça um favor. Levem minha filha ao pronto-socorro e façam duas radiografias.

E por que não três ou quatro? Agora ele está falando com um cara da ambulância. Mas ele é mesmo um idiota. Onde será que anda a mãe dela?

– Veja bem, senhor Justo, não se preocupe. Vamos dizer que caiu sozinha. Agradecendo aos céus por não ter acontecido nenhum dano irreparável. Eu já falei com os pais do garoto, dono da moto, e eles me disseram que o seguro vai cobrir tudo. E, assim, seu filho não terá prejuízos.

Agora ele está falando com meu pai. Ah, sim. O seguro. E agora fico ainda mais irritado, porque sei que terei que agradecer a ele. Mas o seguro não vai pagar o concerto daquela velharia que até meia hora atrás era uma moto que estava funcionando. Meus pais é que irão arcar com isso.

– Obrigada – falou minha mãe.

Dá para ver à distância de um quilômetro que não foi com a cara do sujeito. Se pudesse, ela o comeria vivo. Pelo desprezo que está mostrando por mim. Mas deve admitir que está resolvendo a questão muito bem, com a calma de quem está acostumado a tomar decisões. Até os policiais o conhecem. Tratam-no com respeito e fazem tudo aquilo que ele diz. Falou até com a velhinha. Consolou-a e a fez rir.

Mas minha mãe comeria vivo a mim, principalmente. Pela situação em que me coloquei. E na qual a coloquei. E pela grana que ela e o papai terão que gastar para consertar a moto do Roberto. E por ter que agradecer a alguém que ela claramente não suporta.

– Ai – eu digo.

– Vamos. Deixe eu ver esse cotovelo. Mova o braço.

Esse é o enfermeiro, médico ou sei lá o quê. Está mexendo no meu braço como se fosse uma manivela para tirar água do poço. Então, olha para meus joelhos machucados. Ele cortou as minhas calças jeans na altura da metade das coxas, para que eu não desfilasse pelado em público. Mas elas já estavam rasgadas mesmo, de uma forma inacreditável.

– Você está bem. Não parece ter quebrado nada. De qualquer forma, por segurança, vamos levar você também para o pronto-socorro. Lá veremos melhor esse joelho.

Estou bem uma *ova*. Porque agora, no pronto-socorro, há um olhar que me queima mais do que todos os outros.

Constância.

Não a vi chegar. E agora a vejo ali, a poucos metros. Que cena. Primeiro o seu olhar recai sobre mim. Depois, sobre Nini. E depois novamente sobre mim.

Ok, não é preciso ser Sherlock Holmes para entender o que aconteceu. Mas quem a avisou?

Ela me olha e é como se fosse transparente. Vejo dentro dela uma dor infinita. Então, ela se vira e vai embora. Em silêncio.

Ninguém percebeu nada. A enfermeira ainda está cuidando do meu joelho. Estou morrendo de dor.

Mas sei que aquele silêncio e aquele olhar irão me doer cada vez mais, muito mais do que o cotovelo machucado, muito mais do que o joelho detonado, muito mais do que os sermões do papai e da mamãe

– que estão pairando no ar, mas que cairão sobre mim, com certeza, assim que estiverem tranquilos sobre a minha saúde –, muito mais do que as palavras daquele *almofadinha* do pai da Nini, do que o silêncio de cara feia da Nini, dos desaforos de Roberto, do olhar dos seus pais, dos comentários de todos os outros.

Eu entendi o que aquele olhar está me dizendo. Foi necessário um segundo. Mas eu entendi.

Você é um cretino... Cretino... Cretino.

E sei que ela tem razão.

Sou um cretino.

Sem esperança e sem remédio.

Capítulo 19

As garotas e as traições

Consultório do Posto de Saúde Número 3. Doutora Cláudia Marella. Finalmente é desvendado o mistério a respeito do nome ou sobrenome. Atende às segundas e às quartas-feiras, das 16 às 18 horas.

O consultório é na esquina do pronto-socorro. E, assim, estamos aqui. Dia 9 de janeiro. Estranho nome. Consultório. Para consultar. Quem dera houvesse uma resposta nas folhas de uma enciclopédia secreta onde estivesse escrito o que fazer em um caso desses. Não tenho coragem de perguntar o que ela decidiu.

Esta manhã, Clara precisou correr até o banheiro várias vezes. Para vomitar, eu acho. Está com olheiras profundas. Sulcos escuros que chegam até suas bochechas.

– Mas o que eu ainda estou fazendo aqui? Vamos embora, Constância.

– Mas por quê? Talvez ela possa ajudar.

– Imagine.

– Deixe que alguém ajude. Se você não quer contar aos seus pais, pelo menos tente.

– Tailleur cinza está em uma conferência em Londres. O químico está descobrindo alguma nova molécula.

Ela diz isso sem rancor e sem ironia. Só está triste. Só está acostumada a se virar sozinha. Mas isto não é uma coisa qualquer. Isto é, com todas as letras maiúsculas, um PROBLEMÃO.

A porta se abre às nossas costas.

A médica Cláudia Marella olha um pouco irritada para nós.

– Ah, achei que já tivesse terminado meu turno de trabalho. Ok. Vocês têm consulta marcada?

Ela é rude. Autoritária. Deve ser por isso que Clara lhe entrega o cartão com a marcação da consulta e pousa os olhos no chão.

– Está bem, venha. Você, não. Você fica aqui bem bonitinha esperando sua amiga, ok?

Fecha a porta e Clara desaparece com ela. Eu quase dou um suspiro de alívio. Registro: se precisar consultar um médico, não marcar com essa doutora Marella. Então, penso em Clara lá dentro. Na verdade, só há duas alternativas. Nada além disso. Pensei sobre isso a noite inteira. Ter um filho e estragar a sua vida ou abortar e estragar a sua vida.

Mas por que tudo precisa ser assim, tão difícil? É verdade, sempre se pode escolher. Mas qual o preço que se deve pagar? A sirene de uma ambulância chegando chama minha atenção. As luzes lampejam e projetam círculos de luz azulada. Eu levanto da cadeira desconfortável e, com dois passos, chego à porta de vidro. A ambulância parou em frente ao pronto-socorro. Um enfermeiro desce e abre o portão. Tudo se torna quase frenético, como quando avançamos velozmente a gravação de um filme. Uma maca carregada por duas pessoas de uniforme fosforescente. Outra maca onde está uma garota vestida com uma minissaia curta. Até a virilha.

Sinto vontade de olhar para o outro lado. Jamais gostei de observar a dor alheia. Mas alguma coisa ali me atrai. A primeira maca. Sobre uma coberta marrom, uma jaqueta verde-militar com detalhes vermelhos. Idêntica à de Ângelo. A maca leva um segundo para virar em direção à porta e eu vejo os cabelos. Inconfundíveis. Oh, meu Deus! Ângelo! O que ele está fazendo em cima de uma maca? Queria correr, mas perco alguns segundos ou minutos preciosos paralisada pelo terror. A maçaneta parece ser feita de chumbo, mas finalmente consigo abri-la. Atravesso a rua e sigo o rastro deixado pelas rodas de borracha escura das macas. O Pequeno Polegar encontra o caminho no meio do bosque encantado seguindo as pedras brancas que brilham com o luar.

As garotas e as traições

O pronto-socorro. Três ambulatórios. Dois estão fechados. Um, dois. No terceiro, eu o vejo. Está reclamando de dor para um médico que está desinfetando seu joelho. Oh, Deus. Ângelo. O que aconteceu? Eu queria chamá-lo. Amor! Mas, então, também a vejo. Não há nenhum médico desinfetando-a, mas ela também fala, chama, geme. Um homem estende a mão para ela. Um homem parecido com ela. O que está acontecendo? É estranho. A primeira coisa que vejo e registro é a hora. O relógio quadrado em cima de armário cheio de vidros, gazes e caixas indica 18 horas e 31 minutos. Outra coisa que quero anotar é a cor da minissaia. Vermelho ticiano[10]. Sim, exatamente isso. O tecido deve ter sido tingido com raízes especiais, misturadas à gema de ovo, bem como faziam os pintores renascentistas. Amanhã vou comprar uma minissaia vermelho encarnado. Na melhor loja do centro. Espero que o vermelho encarnado seja feito pela trituração dos ossos dos dois misturado com o sangue fresco do fígado deles.

Ah! Já ia me esquecendo: que o desinfetante se transforme em vinagre ao tocar seus machucados!

Então. Doze de outubro de 1492: descoberta da América; vinte e um de julho de 1969: o homem põe os pés na lua; 476 depois de Cristo: fim do Império Romano; 1814-1815: Congresso de Viena; 1452: nasce Leonardo da Vinci; a raiz quadrada de 3441 é 107.

Ok, a memória voltou a funcionar em perfeito estado. Dá para ver que, quando se está furioso, os neurônios voltam a funcionar na sua melhor forma. Muito bem. Vou me sair muito bem na prova oral de química amanhã. Lembro perfeitamente de todas as fórmulas.

Maldito. Maldito. Ah, não... A idiota sou eu. Idiota. Mas você é um canalha. Canalha. Retalhos de alguma coisa que estava viva. As hienas os rasgam, os retalhos. Os canalhas. Como é que pode? Ontem era... Como era ontem? A porta se abre e só me dou conta porque Clara aparece como uma espécie de fantasma, com o lençol branco.

Clara! Oh, Deus! Talvez seja maldade em estado puro. E, ao mesmo tempo, sinto uma espécie de alívio por não ter acontecido nada com

Ângelo. Que não tenha acontecido nada grave. O risco que se corre... Diabos. E vale a pena tudo isso? Salamandra. Esse é o único destino aceitável.

Saímos. A ambulância agora está no estacionamento. Abaixo a cabeça e sigo em frente. Não digo nada.

– Ei, o que você tem? – Clara me pergunta.

– Eu? Nada. Como foi lá dentro? O que ela disse?

– Um monte de asneiras.

– Sim, asneiras. Todos dizem asneiras.

Canalha. Eu tinha escrito uma coisa para você. Não uma poesia, por favor... Mas algo parecido. Falava sobre um guincho na estação, com três olhos de avelãs e o sorriso dos anjos.

Uma bobagem, pensando melhor. Vou queimar assim que chegar em casa. Queimo a folha e, quem sabe, o meu quarto, o condomínio, a cidade, e o ônibus 17, e a plataforma 12. Queimo até a estação.

– Para quem não está grávida, você está horrível.

– Desculpe, Clara. Desculpe.

– Não... Pelo quê? O mundo, veja só, gira do mesmo jeito. E Dante me colocou no inferno.

– Sim, eu sei.

– A médica disse: é preciso olhar para dentro de si e aprender a se conhecer, a entender o que você quer fazer. Eu não posso dizer. Posso somente informar as alternativas: aborto. Não é perigoso. Um dia ou dois de descanso, anestesia total e, quando você acordar, o problema estará resolvido. Mas o problema pode estar só começando. Você entende? Tenha a criança: então, será necessário planejar as coisas.

– Como a escola?

– Sim. A idiota. Olhar para dentro e entender... Muito simples. Só que eu tenho 17 anos!

– Ainda não tem!

– E sabe o que mais? Enquanto ela falava, vinha em minha mente: "estado interessante" e me dava vontade de rir. Eu sou um estado interessante! De interesse. Se você pensar assim, é o máximo. Antes eu não era interessante. Agora estou grávida. Sim. Quantos garotos você acha que fariam fila para estar com uma garota interessante? Já pensou nisso?

– Quanta bobagem.

– Está bem, vá... O mais trágico é que você tem razão.

– E...?

– E aí que ela disse um monte de bobagem. Eu preciso falar com meus pais.

– Jesus!

– Melhor dizer: Maria! Ela foi uma mulher corajosa.

– Clara, eu...

– Sim, eu sei. Você me quer bem.

– Muito.

– Bem, mas que diabos aconteceu com você?

Então, no meio da rua escura, eu começo a chorar e a contar tudo para a Clara.

E já é de manhã, e sei que será sem você. Nem mesmo um telefonema, uma mensagem. Toda a noite aquela maldita canção dentro da minha cabeça: *respire devagar para não fazer barulho / durma à noite e acorde com o sol / você é clara como a manhã / é fresca como o ar*[11].

Eu até salvei isso entre as mensagens. Procurei na internet as palavras. Copiei e colei no meu diário. Comprei o CD e o DVD e agora como posso me esquecer dela? Eu, que tenho uma memória de elefante. Memória seletiva, como sempre diz a professora Penteado. Não, não é não. Porque agora, se eu seleciono "Apagar", ela não desaparece. E por que, raios, eu fico conferindo o celular? Mensagens. Ao menos uma.

Nada. Melhor assim. De qualquer forma, eu as teria ignorado. Ou, quem sabe, teria respondido: "Canalha". Você está com medo, não é? Mas que medo o quê! Provavelmente agora você está pensando na dona da minissaia vermelho ticiano. Idiota. Idiota.

Eu me levanto e me visto. Café da manhã. Oi, papai. Oi, mamãe. Carrancudos. Cada um com seus problemas. *Aff*... Arrumo minha mochila. Tudo isso sem você. Não posso mais beijar você, contar coisas para você, tocar em você. Nunca mais. E me vem uma mágoa enorme. A dor. Já terminou? Chegou o dia depois do depois de amanhã.

Mas quem era aquela? Por que estavam juntos? O enfermeiro estava falando de uma moto. Talvez fosse a moto dela. Por que não quebraram a cabeça? Por que não se estatelaram no asfalto? Ticiano teria ficado feliz, com todo aquele vermelho para pintar suas obras de arte.

Não choro. Eu, que fui até a sua casa. Três paradas de trem, o mapa e me perdi algumas vezes sem ter coragem de pedir informações. E um cachorro vira-lata lambeu meus sapatos, ali, na calçada. Eu queria retribuir aquele OI tão lindo, com giz branco, que, mesmo tendo desbotado com a chuva, conseguiu resistir na curva do O. E eu logo havia entendido que tinha sido escrito pelo meu alienígena; escrito para mim. Que sorte eu não ter conseguido fazer. Eu tinha umas pedras de giz, o que foi bem difícil de conseguir. Mas havia umas pessoas ali, em frente ao seu prédio, perto das magnólias. Ele estava fora, na casa dos tios. Pelo menos, havia me dito isso. Mas, na praça em frente ao condomínio, tinha muita gente. Com aquele frio. Fiquei um pouco por ali, e era sempre um vai e vem de gente. Banquei a idiota. Deveria ter ido quando estava escuro. Não havia pensado nisso. Assim, as pedras de giz permaneceram fechadas na caixinha de papelão. Mas agora eu voltarei lá. Essa noite. E vou escrever CANALHA.

Quem era aquela? Maldito. Eu desejo a você todo o mal do mundo. Ah, não... Não gosto de desejar o mal. Fica assim.

– Boa aula.

Papai está de saída comigo. Eu queria perguntar a ele como está se sentindo. Ele está com os olhos vermelhos porque já faz dias que está fechado naquela espécie de estúdio de três metros quadrados até quase amanhecer, estudando. Mas, em vez de perguntar, eu sorrio para ele e saio. Não tenho compaixão por ninguém. Até tem um pouco de sol. A neve é uma lembrança. O Natal é uma lembrança. E até mesmo o Ângelo vai ser só uma lembrança. Eu odeio as lembranças.

Capítulo 20

As garotas e o depois do depois de amanhã

Existe um lugar para se colocar as lembranças, eu sei. É um lugar como um sótão, com teias de aranha e pó sobre as caixas. Basta abri-lo, limpar um pouco com vinagre, varrer e abrir as janelas para entrar ares novos. Ares de novidade.

– Sim, professora. A senhora estava dizendo...

– Eu estava dizendo, eu estava dizendo que...

Caraca, o que ela estava dizendo?

Ela se espicha na cadeira. Tem os sapatos gastos de tanto caminhar. Sei que ela estava falando sobre a desgraçada vida de Edgar Allan Poe. Mas me distraí quando ela falou que, anos depois de ter perdido sua mulher, Virgínia, e de ter caído em uma desgraça econômica, ele reencontrou, por acaso, o seu primeiro amor. Eles se olharam e se amaram novamente. Ele estava feliz. Quatro dias depois, morreu. Alguém sussurrou: "morreu feliz". E eu me distraí, pensando que ninguém morre feliz, e Poe, principalmente, morreu da mesma forma como viveu.

Por que eu detesto as lembranças?

– Então, Constância. Você quer fazer isso?

Ouço Antônia, nem um pouco minha amiga, rindo às minhas costas e fingindo uma tosse que, de fato, não tem. Na sala de aula se fez o silêncio das grandes ocasiões, de quando se espera o pior. Sim, tudo fica suspenso: quem estava pensando na própria vida fica atento; quem estava anotando tudo só para fazer de conta que estava interessado fica mesmo interessado; quem já estava atento espreme os olhos para se concentrar e não perder nada.

Olho para Clara e percebo que ela está com ânsia de vômito. Então me enfio no túnel. E me enfio de cabeça, porque estou tão furiosa com o mundo que nada mais me dá medo.

– Claro, por que não?! – respondo à professora.

Todos suspiram aliviados. As paredes suspiram, e a mesa da professora, a lousa e o cesto de lixo respiram. Respiram o planisfério e até mesmo a aranha que está pendurada em um canto, em perfeito equilíbrio.

Caraca! O que eu aceitei fazer? Ser camicaze? Uma guia alpinista? Uma domadora de pulgas?

– Está bem, Constância. Eu também acho que você seja a mais adequada para fazer isso. Realmente, eu não pensava assim, até ver o seu último trabalho. Nele, você deixou que seu traço forte, por assim dizer, emergisse.

Hum. Traço forte. Entendo de traços paralelos, perpendiculares, congruentes... Nunca ouvi falar de traço forte.

Apesar do enjoo, Clara sussurra:

– Você acabou de se oferecer para representar a escola em um concurso nacional de poesia.

Ela falou isso bem baixinho, mas a minha exclamação saiu bem alta:

– *Tá de sacanagem*?!

O silêncio maldito continua. A professora olha para mim e fica quase vermelha. Então, depois de um tempo interminável em que ela deve ter pensado um monte de coisas, respira e, olhando para um botão de sua camisa, diz, quase declamando:

– Acho que estamos indo para a cidade dolente...

Antônia, que, na verdade, é minha pior inimiga, ri sem fazer de conta que está tossindo. João, com seus olhos de peixe, se vira para mim e lança um olhar de compaixão. Gostaria de agradecer a ele. Mas fico calada. Clara, finalmente, decide levantar e ir vomitar.

Eu, escrever poesia? Mas eu nunca fiz isso! Eu não sei fazer isso! Fico pensando nas coisas que sei fazer. Quais? Penso em fazer uma listinha, mas não consigo respirar. O que eu sei fazer? Beijar o Ângelo. Isso, sim. Mas talvez a dona da saia vermelho ticiano o saiba melhor do que eu. Com certeza sabe. E o que mais? Jogar vôlei? Imagina... Até que sou boazinha, mas nada especial, não sou grande coisa. Nunca chegarei a ser campeã. Eu sei disso. Não tenho as qualidades atléticas necessárias, mas me divirto. Ponto. O que sei fazer? A memória... Sim, mas isso não é algo que eu saiba fazer. Ela vem sozinha, sem comandos, sem grandes esforços.

Oh, meu Deus! Quem sou eu? Alguém que detesta lembranças porque, agora, se começo a me lembrar do rosto do Ângelo, dos seus braços longos, da sua jaqueta verde-militar, das folhas dos pinheiros, do baobá e da lua na estradinha, eu choro. Sofro tanto que acho que vai sair alguma coisa sólida de dentro do meu corpo, como o choro da Clara. E não é verdade que eu o odeio. Não é verdade. Infelizmente. Não consigo. É assim. Apagar. Apagar. Apagar. Mais do que poesia, um monte de asneiras!

Na estação, a plataforma 12 está vazia. O monitor que anuncia as partidas e chegadas está mostrando greve dos ferroviários, que começou há uma hora e terminará daqui a duas. *Caraca*. Faça uma poesia sobre greves, Constância. Clara está perto de mim, observando o céu. Está abrindo e começa a aparecer um azul lindo que é puro delírio.

– Eu queria um dia bem assim.

– Para quê?

– Para abortar.

– *Caraca*!

As suas costas estão quase curvas. Está se escondendo, inteira. Está entrando para dentro de si, com toda sua dor.

– Você decidiu.

– Tailleur cinza disse que é a melhor coisa a se fazer. Não se preocupe, não irá se suicidar nem arrancar os cabelos. Ela colocou as mãos em frente aos olhos. As mãos estavam abertas e, entre um dedo e outro, podia ver pedaços das suas bochechas e das maçãs do rosto. Então, ela sussurrou alguma coisa como "meu Deus, meu Deus", mas foi tão baixinho que só colocando o ouvido bem perto eu poderia ouvir.

Eu chego a ver a cena. Mas em seguida a apago. Clara já está deprimida. Se alguém a empurrar mais um pouco para baixo, vai se enterrar de vez.

Não consigo dizer nada. Caminhamos pelas plataformas e o sol brilha sobre nossas cabeças, sobre o sino e sobre os trens parados, fazendo tudo reluzir. Era preciso chuva para lavar tudo isso, mas em vez dela...

– Ela disse que amanhã eu preciso fazer os exames e depois ir ao anestesista. Eles fazem você dormir e depois, quando acorda, tudo está como antes.

Sinto vontade de vomitar. Aquela coisa que pulsava outro dia no monitor, uma coisinha de poucos milímetros quadrados que poderia se tornar uma criança... As crianças têm olhos arregalados, boca, pernas sempre machucadas, dedos sujos de doce, braços, sorrisos sem dentes.

– Disse que daqui a três dias tudo estará terminado. Ela logo foi se informar. Pediu os formulários e os assinou. Meu pai não sabe de nada. Ela disse que é melhor que ele não saiba disso agora. Falta muito pouco para descobrir a tal molécula e isso talvez o distraísse. E sabe-se lá quando poderia acontecer uma coisa dessas novamente. Toda aquela pobre gente que está esperando a tal molécula. Já pensou nisso? Não, não vale a pena.

Eu imploro, chore. Chore, Clara. Mas ela não chora, como sempre. Então, choro eu, por ela. E a poesia que eu nunca fiz sai de mim e vai parar em algum lugar distante, com o som da sirene da polícia, e se despedaça com o apito do trem. A greve está para terminar. Ângelo chegará logo. Na plataforma 12.

A casa está em silêncio. A TV está desligada. Mamãe deixou a porta da cozinha fechada, enquanto lava alguma coisa no tanque. A luz passa por baixo da porta do quarto deles. Eu me aproximo e sinto que alguma coisa está prestes a mudar. Até mesmo o pó da casa sofreu uma espécie de mudança. Com a mão, empurro a porta e vejo o papai. Meu pai e um monte de desordem dentro do quarto. A mala já está quase cheia e ele está arrumando a mochila.

Ele me vê e fica imóvel. Depois, sorri. Cansado. Triste. Talvez não triste, mas melancólico. Melancolia e tristeza não são a mesma coisa. Eu sei. Leio seus pensamentos e sei que ele me vê pequena, quem sabe com a chupeta, quem sabe com varicela, quem sabe irritada com os dentes que estão nascendo. Todas essas coisas das quais não me lembro, mas que reencontro agora, no seu olhar cheio. Cheio de melancolia.

– Estou indo embora, Constância.

– Eu sei.

– Mas não vou deixar você.

– Eu sei.

Ele está praticamente espantado. Eu queria dizer que aprendi uma porção de coisas em um mês. Parece estranho. É tão pouco tempo para aprender tantas coisas. Algo como organizar uma biblioteca inteira. Não chego a perguntar, porque todas as perguntas já têm uma resposta. Além disso, todas as coisas que podem ser ditas acabam me parecendo idiotas.

Então, eu o vejo praticamente correr, cruzando o quarto, e me envolver com seus braços. Às vezes é muito doloroso estar assim tão perto. Sim. Porque, quando se está longe, a dor também se distancia.

Ouço o barulho de uma panela caindo. O estrondo produz ecos e, em seguida, tudo fica novamente silencioso. Sem a TV, sem o papai, sem alguma coisa que pulsa e sem o Ângelo.

Que porcaria este dia.

Capítulo 21

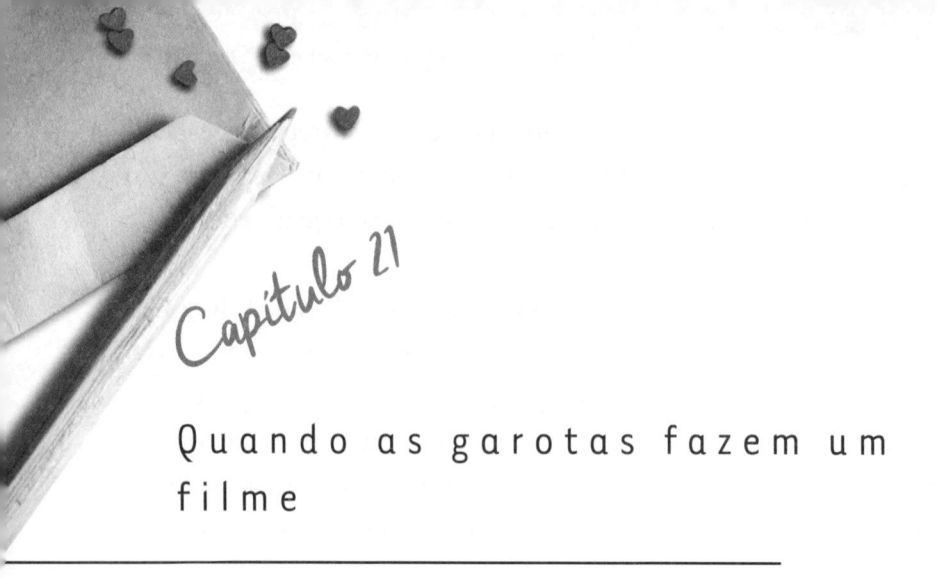

Quando as garotas fazem um filme

— Eu me nego a escrever poesias.
– Faça do jeito que você achar melhor.
– Eu não sei fazer.
– Você nunca fez.
– É verdade, Clara. Mas, além disso, agora não consigo. Estou me sentindo tão triste.
– Dizem que os pensamentos mais profundos são expressos exatamente quando se está dilacerado e com vontade de dilacerar o mundo.
– Quem disse isso?
– Bem... Talvez o filho de um açougueiro.
– Viu só? Você é a mesma bobona de sempre. Já eu, não tenho vontade de fazer nada. Nada. Um nojo. Um nojo essa vida.
– É.
– Está bem. A sua está pior do que a minha.
– Não precisamos competir para ver quem será a mártir do ano. Às vezes a vida é mesmo assim, um nojo.
– Uma merda.
– Totalmente.
– Do tipo cocô de cachorro que você pisa com as sandálias brancas que você recém-comprou?
– Bem assim.

Ela responde de um jeito tão sério que eu explodo de rir. Ela também. Então, surge à nossa frente uma freira que nos olha por cima dos seus enormes óculos de armação preta. Ela nos olha como se estivesse suspeitando de algo e depois sorri, com certo esforço.

– Freira sorridente, vai lhe cair um dente.
– Essa aí é uma cretina.
– É, sim. Bem assim. E, então?
– Então o quê?
– Você vai escrever aquela poesia?
– De jeito nenhum.
– Muito bem. Fico feliz. Então, você vai bancar a garotinha que foge na primeira dificuldade.
– *Caraca*!

Fecho os olhos e penso em que lugar do meu coração essa dor estúpida ficou presa. Onde os outros são felizes sem mim, onde ninguém sabe que eu existo, que estou aqui com meus cabelos cheirando a pinheiro e com essa música na cabeça "*respire devagar para não fazer barulho...*". Os olhos fechados me mostram imagens que fazem eu me sentir muito pior. Então eu os abro novamente e tudo está fora de foco. Há um som ao longe. E dentro desse som estão as suas risadas e a sua voz de pistache. O som é insistente e se torna um chamado. O celular. Minhas mãos tremem enquanto abro o bolso externo da mochila e o pego, prestando atenção ao número que está chamando. Não respondo. Não respondo. É ele. É ELE. Não é possível. Clara está na minha frente, respirando forte para tentar mandar embora uma onda de náusea. Não respondo. Você é feliz mesmo sem mim. Eu não. Mas, no instante em que aperto o botão para atender, para de tocar. O silêncio me faz chorar em soluços.

– O que ele disse?

Fico calada, mas ela entende mesmo assim.

– Por que você não respondeu antes?
– Por quê? Você já não conhece canalhas suficientes?

A língua maldosa trabalha rápido e nem parece maldade. Mas é. As palavras ecoam na estação, ainda que eu não tenha levantado a voz. Tenho certeza de que não levantei. Clara ficou chocada.

– Desculpe, desculpe. Você viu a idiota que eu me tornei? – eu lamento.

– Não, você sempre foi idiota. Eu conheci um canalha. Talvez Ângelo não seja um. Talvez só tenha dado uma carona a uma amiga e, então, caíram e foram parar no hospital – responde Clara.

– Agora é você quem está amenizando as coincidências. Isso dá um filme.

– Um filme. Sim. Mas poderia ser que ele a quisesse somente como amiga. Como outros amigos. Sim, é um filme.

– Sim. Vamos imaginar um filme. Tenho certeza de que os garotos também fazem isso.

– Eles não são assim tão inteligentes.

– Ah, para. Nós é que somos umas idiotas. Um filme. Se um cara me olha, fico achando que já está apaixonado e que fará de tudo para descobrir meu nome e meu endereço. E que, no fim, irá me encontrar e me mandar muitas cartas e flores. E eu estarei a todo instante nos seus pensamentos, desde o momento em que ele acorda até a hora de dormir. Se os pensamentos o deixarem dormir.

– E, dessa forma, posso rir e me sentir satisfeita. Finalmente, cínica. Terrivelmente sarcástica. Puxa, Constância, como você é boba. Venha, vamos até a plataforma morta.

– Você não está querendo...

Começo a rir junto com ela, enquanto a sigo e a vejo soltar os cabelos que estavam presos. Há quanto tempo não vamos à plataforma morta? Uns dois anos... Um século. Uma vida inteira.

Não há nada na plataforma morta. Para chegar lá, nós nos arranhamos em uma cerca não sei do quê e escalamos um murinho de tijolos vermelhos e rachados.

O vagão continua lá. Mais escuro, por conta da ferrugem que começa a corroer até as suas letras coloridas com spray, que o tornavam alegre. Uma plataforma morta, um vagão morto. Na verdade, nada.

As portas estão fechadas, ou melhor, encostadas. Os mendigos dormem ali dentro durante a noite e, durante o dia, alguns drogados desesperados buscam o seu refúgio. Nem pensar em entrar nele. O que nos interessa são os trilhos. Uma em cada um. Um pé depois do outro, segurando-nos pelas mãos, como fazíamos tempos atrás. Depois nos soltamos e procuramos nos equilibrar enquanto os passos se fazem mais rápidos. Como nos sonhos. Que passam velozes sem parar, até que você os chacoalhe para longe.

Estou meio sem jeito. Faz um tempão que não fazemos isso. O filme da verdade. Você não pode dizer mentiras enquanto corre sobre o trilho. E precisa estar atenta para não perder o equilíbrio. Não dá para fazer as duas coisas ao mesmo tempo.

Eu começo. Não, comece você. Ah, vamos começar juntas. O filme da nossa vida. Ela passa e não percebemos. Eu percebo, não sou idiota. Você sim é que é. Você nunca se dá conta. Ele está ali, do outro lado. Está olhando para você. E sabe que entra na sua alma. Eu não tenho alma. Está bem, faça de conta, então. É só um modo de dizer. Você tem certeza disso? Do quê? Da alma. Está bem, pode chamar isso de espírito, cérebro não utilizado, sétimo sentido. Sexto sentido. Ah, não... Esse já está muito manjado. Até em filmes já o utilizaram. E isto, o que é? Não é um filme? Não, não é. É O FILME. Ah, não, nada de letras maiúsculas no nosso filme. Elas me irritam. Está bem. Então, é o filme. Bom, ele olha para você e, então, se retrai. O jogo de dar com uma mão e tirar com a outra funciona sempre. É mesmo? Eu juro. No começo, parece que o coração está batendo normalmente, mas depois ele se vira e desvira como se estivesse sentindo falta de alguma coisa. Falta do quê, se nem mesmo conhece essa coisa? É bem esse jogo de dar com uma mão e tirar com outra. Os cretinos fazem isso? Todo mundo faz um pouco isso. Por medo. Mas os cretinos fazem isso por medo duplo. E, depois, se começa o jogo do Não. Não se come, não se dorme, não se pensa nos amigos. Isso parece vida? Não, é claro que não é. É como se alguém roubasse um pouco da sua vida, esperando que chegue o momento em que ela seja restituída com juros. Sim, é assim... E depois? Depois chegam as cenas de desvanecimento. O quê?! Sim, aquelas cenas que os menores devem imaginar. Ah, o sexo. Sim. E como é? É bonito? Depende. Depende do quê? Bom, por exemplo, do fato de você estar num carro, com o banco reclinado e as janelas embaçadas e, então, chegar um bando de garotinhos e ficarem girando em volta do carro com suas motos. Ah, ah! E então? Então, só resta esperar o escuro. No inverno é mais fácil: dias curtos, céu negro. Por isso, no inverno, o sexo é mais bonito. Não, é só mais simples se você não pode ir a um motel. O que mais? Ah, tem a pele. A pele de quem? A sua, que parece ser incapaz de sentir qualquer outra coisa que não seja a pele dele. É uma espécie de doença, que se sente quando você se lava ou veste o moletom ou a roupa íntima. Sim, uma doença. Por isso, muitas cenas são quase dolorosas. O amor é doloroso? Não, na primeira vez, um pouco. Depois não. Ah! Veja só. O filme continua na sua cabeça e você se vê com o celular na mão porque já passou meia hora desde a última vez que você falou com ele e agora não sabe o que ele está fazendo ou se está pensando em você ou, quem sabe, está olhando para os seios de alguma outra e então vem aquela vontade incontrolável de procurá-lo e, quando você o encontra e ele olha para você, o céu se abre e você vê o arco-íris. Esse é o filme. Sim, é. Mas e no lugar disso? No lugar disso você o encontra no vestiário do ginásio lambendo o rosto de outra embaixo do chuveiro e vê a bola, que ainda se move pela força da gravidade, batendo nas sandálias dela e mudando a direção, indo de encontro aos azulejos brancos, onde ele irá apoiá-la...E, nessa posição, o sexo é doloroso. Que droga! João Lucas! Sim, ele.

 Estou quase sem fôlego por causa da corrida. Os rumores da estação não chegam mais aqui. Estamos cercadas pelos campos gelados. Temos um monte de coisas que nos fazem mal por dentro. Que fazem mal. Sinto vontade de dar uns tapas nela. E dou. Viro a mão na sua bochecha e ela não se retrai. Fica entre os trilhos, parada, e com a bochecha vermelha. Finalmente chora. Chora, Clara. Menos mal.

Capítulo 22

Quando as garotas acordam dos sonhos

---

*Q*ue grande merda. Agora os shorts estão folgados demais nas coxas. Devo ter emagrecido. Pareço uma sanfona. Dar com uma mão e tirar com outra. Não estou dormindo bem. Sonho com baobás, motos e acidentes. Estações sem trens. Uma coisa horrível. Como um bosque sem árvores. Maldito. Todos malditos. Os homens. Corrompem a ordem natural do mundo.

Ele está ali. O meu grande treinador. O que a Clara viu nele? Ele não é nenhum anjo. É, porque os anjos, por sua vez... Idiota. Dor no joelho. Apertei demais esta joelheira. Estou com tanta raiva que morderia a cara do João Lucas. Ele está sorrindo. Muito bem, sorria. Fique feliz, sereno, tranquilo.

– Ei, Constância. Você está pronta?

Que linda essa voz profunda. Sim, mas ele já é um homem, afinal. De 25 anos. Clara com um cara de 25. E alguma coisa dos dois, apesar de tudo, ainda está crescendo.

– Vocês vão treinar com o time masculino. Assim vocês se estimulam um pouco.

Olho à minha volta e vejo minhas companheiras de time dando risadinhas. Todas gostam da ideia de jogar com o time masculino, ver os músculos das costas se enrijecendo durante as levantadas e as pernas flexionando e disparando. Outras pernas. Diferentes. Outros músculos.

Na verdade, células iguais às nossas, mas combinadas de uma forma diferente. Beatriz sussurra ao meu ouvido que não vê a hora. De quê? Ah, sim. De perder sem se sentir perdendo, porque são homens, ou de ganhar e ter a ilusão de termos sido melhores e a dúvida de, quem sabe, ter recebido um favor. Mas hoje eu não estou com vontade de ser estimulada. Já estou com adrenalina suficiente para enfrentar um tubarão.

É o time do Grande Espinha, berra João Lucas. Não tem saída. Esses jogam mesmo.

Caraca! Logo eles! Eles são do mal e nutrem uma espécie de prazer sádico em diminuir o adversário. Grande Espinha é o capitão. Tem uma cortada mortal. Uma vez, quebrou o nariz de um adversário com uma bola de devolução. Da última vez que eu os vi em ação, seis meses atrás, ganharam de um time que já estava até qualificado para o campeonato nacional. Grande Espinha é conhecido assim porque tem mais espinhas do que cabelos. Para festejar a vitória, ele mostrou o verdadeiro significado de salto mortal. Deu sete, todos em sequência: desde a quase morte até a morte profunda.

A notícia quase me fez esquecer do meu treinador. Eu olho para ele como se fosse a primeira vez que o visse. E junto vejo a Clara no seu Mazda verde-oliva. E o vejo de óculos, cabelos ralos e mau hálito. Vejo-o caindo do seu 1,75 m na quadra de vôlei e quebrando seus preciosos ossos. Todos os ossos. Nenhuma assistência hospitalar. Fica ali, sozinho, como um cão raivoso. Faço o filme. Mas desse eu gosto.

As outras estão concentradas na porta do vestiário. Eu também me concentro. Eles chegam desfilando, um por um, com suas camisetas pretas e seus shorts amarelos. Riem descontraidamente, dando piscadelas para nós. Como sempre, o Grande Espinha fecha a fila. Não, o Grande Espinha não veio. Como não veio? Ele sempre joga, mesmo se estiver com febre. Deve estar com alguma peste, para não jogar. Veja só, Constância... Existe, afinal, alguma justiça. Não, não existe. *Caraca!* Quem é aquele moreno alto que está correndo para o campo com o rosto sério, quase brabo, e sem nem uma mísera espinha? Grande Espinha? Não é possível! Rostinho liso como o de um bebê. Ou quase.

Mais bonito. Os maxilares são fortes e uma faixa sobre a testa está segurando os cabelos.

– Como ele se chama?

Beatriz olha para mim sem entender.

– Quem?

– Grande Espinha. Como ele se chama, de verdade?

– Ah! Lúcio. O nome dele é Lúcio. O sobrenome, eu não lembro. Quer o número do celular dele?

Eu olho para ela tentando queimá-la com meus olhos, mas ela já tomou a sua posição em um canto do campo e está rindo.

Então, deixa espaço para que João Lucas venha até mim e me segure pelas costas. Ele quer me colocar em posição. Nada além disso. Mas, nesse exato momento, esse gesto me parece uma espécie de agressão. Ou, talvez, a desculpa que eu procurava para fazer o que quero fazer. Constância não está sempre criando caso. Constância é o caos. Constância é a salamandra que defende e que ataca com raiva o inimigo. Eu me abaixo para tomar força e afrouxar a joelheira que, assim, escorrega perna abaixo. Giro e levanto o joelho com toda a força que tenho até o meio das pernas do meu treinador fogoso, deixando meu joelho ali uns segundos a mais para lhe fazer ainda mais mal, para lhe fazer malíssimo.

Por um segundo ele olha para mim. Antes que o urro saia, já estou longe e o vejo, não em um filme, agachando-se no chão e pendendo para o lado, com as mãos no baixo ventre e o rosto completamente transtornado pela dor.

Caraca! Todos olham para ele. Imóveis. Em silêncio. Uma vingança misérrima. Está vendo, professora, como eu estudei os superlativos absolutos? Misérrima, mas totalmente necessária. As salamandras ficariam só um pouco orgulhosas de mim. Quando elas entram em uma luta, sabem ser sabiamente implacáveis.

Grande Espinha parece me atravessar com o olhar. Os cabelos colados com gel na cabeça não se movem enquanto ele corre em direção ao treinador. Ele está tentando entender. Todos estão tentando entender.

Ninguém consegue entender o que significa um pequeno enfrentar um grande e depois desaparecer.

– Ei, você!

A voz quase me dá medo.

– Você está no vestiário errado – tento parecer desenvolta na resposta, mas, na verdade, ver Grande Espinha sem espinhas assim tão perto me deixa inquieta. Preciso confessar que ele é lindo. Quem sabe quantas loções mágicas ele usou para fazer com que toda aquela coisa desaparecesse do seu rosto?

– Eu sei. Queria só saber por quê? – diz ele.

– Por que o quê?

Enquanto ele se aproxima, eu nem penso em me afastar. Enquanto ele se aproxima, sinto um perfume de pós-barba parecido com aquele que meu pai usa. Enquanto ele se aproxima, seus olhos vão ficando colados em mim e fazem com que eu me sinta pequena. Todos aqueles músculos. Quem sabe agora ele vai me insultar e me dar uns tapas. E, assim, vou passar o dia de amanhã, que é meu aniversário, no pronto-socorro, escondendo os roxos com ataduras.

– Por que você deu uma joelhada nos... hum... balangandãs do João Lucas?

Eu certamente cairia na risada se fosse outra ocasião. Balangandãs? Os testículos? As bolas? Sério? Aqueles do João Lucas? Mas está todo mundo doido? Mas, agora, Lúcio, sim, Lúcio, está perigosamente perto de mim e consigo ver até o relevo das veias dos seus braços.

– Ele fez alguma coisa com você? Porque se ele fez algum mal pra você, então sou eu quem vai até ele e, dessa vez, ele vai sentir o meu pé.

Se Lúcio fizesse isso, ele o mataria. Não há nada impossível para o Grande Espinha. Mas a sua voz está mais doce. Açúcar de cana. Não muito refinada, mas doce. O tórax se move ofegante sob a camiseta preta. Começo a suar. Então, vejo as suas veias tão perto... Tubos por onde seu sangue escorre veloz. Os pelos dos seus braços fazem cosquinhas nas minhas bochechas. Por que não? Por que não deveria? A minissaia vermelho ticiano está ali, a um passo da bolsa ainda aberta com as camisetas em desordem e com o sabonete líquido com cheiro de baunilha. Ela está ali e reclama de dor na sua perna, da moto quebrada e do desinfetante que se transformou em vinagre e lhe queima a pele clara e macia. Eu consigo me lembrar de tudo, infelizmente, mesmo que a mande para o inferno, para o círculo mais distante do inferno[12].

Então, chega um ar quente perto de meu ouvido. Seu hálito pousa em meu pescoço. Sinto arrepios pelas costas. Por que não? Eu me deixo levar. Não há ninguém aqui e, mesmo se houvesse alguém, eu não me importaria. Grande Espinha, droga, Lúcio, o mandaria embora com apenas uma mão.

Os lábios não têm gosto de nada. Mas são macios. Sua língua entra na minha boca como uma flecha entrando no céu. Não sinto nojo. Mas também não sinto nada. Não consigo fechar os olhos e, assim, vejo as suas pálpebras abaixadas. Por que não consigo fechar os olhos? A luz de neon pinica meus olhos enquanto ele me beija e, por um instante, eu me sinto tranquila. Contente. Não sou uma salamandra. Não quero ser uma salamandra agora que meu corpo se relaxa e se abandona ao abraço. Mas os olhos não se fecham. Estranho. Horrível. Da testa do Grande Espinha sai uma espécie de furúnculo. É aí que estavam escondidas as espinhas, afinal! Espremo os olhos e os abro novamente. Não, não é um furúnculo. São avelãs. A faixa na testa onde as avelãs estavam escondidas se abre e elas saem rolando como pedras e caem no chão, fazendo um barulho terrível. Estranho que o Grande Espinha não tenha ouvido. Então, sinto cheiro de pistache e sinto meu coração murchar. Ele fica pequeno e bate mais devagar. Meus olhos se enchem de coisas líquidas e ácidas. Ângelo. Sinto as asas batendo, sinto o som do seu sorriso e a maldita canção chega e se move em minha cabeça como uma bolinha quicando: *"respire devagar para não fazer barulho..."*. Então me livro da massa de músculos e, com raiva, dou um chute na bolsa, que vira.

Ouço mãos batendo na parede e urros. Mas que droga. Todo o time masculino está no vestiário, desfrutando do espetáculo. Mas que bela porcaria! *Caraca*! Constância e suas confusões. Que faço agora?

Capítulo 23

Aniversário

Batem na porta do meu quarto.
— Com licença?

Tudo de acordo com o ritual. É mamãe. Reconheci o passo enquanto ela caminhava pelo corredor. Minha mãe é muito discreta. Jamais entra em meu quarto sem bater, se eu estiver aqui. Diz que privacidade é uma coisa sagrada e que todo mundo tem direito ao próprio espaço.

Uma vez, decidi pô-la à prova. Não respondi a seu pedido de licença. Ela ficou em silêncio e depois somente me perguntou: "Você está vivo?" Pouco depois de eu ter respondido que sim, ouvi seus passos se distanciando.

Meu pai, por sua vez, é bem diferente. Ele se diz um democrata convicto, mas argumenta que existem duas instituições que não devem ser, de forma alguma, democráticas: a escola e a família.

Mas desde que não posso mais ser considerado um menino, ele também bate na porta de meu quarto. Mesmo que só para abri-la imediatamente depois, antes que eu possa responder qualquer coisa.

De qualquer forma, dessa vez eu respondo "sim" e ouço a porta se abrir às minhas costas. Eu me preparo para ouvir a pergunta seguinte, que não deve ser nada diferente do usual: "Você ainda está acordado?" Pergunta, aliás, que é uma idiotice, porque se vê perfeitamente que:

a) estou acordado;

b) estou sentado em frente ao computador.

Dessa vez, porém, mamãe me surpreende:

– Ângelo! São 4 horas!

Sua voz está um pouco cansada, mas não irritada. É a voz de quem se levantou da cama no meio da noite porque viu uma luz acesa. Luz que, segundo as regras e a norma, deveria ter sido apagada...

Ela não está errada. O canto direito inferior do computador está marcando 3h58.

Eu não me viro na direção dela. Não quero ver seu rosto. Não quero que ela veja o meu, onde, quem sabe, ainda há vestígios das lágrimas que não pude deixar de derramar até às 2 horas.

Respondo, então, só por brincadeira. Para desdramatizar um pouco:

– Errado! São 3h58.

– O despertador irá tocar às 7 – ela insiste.

– Eu sei – respondo.

Na verdade, eu queria que ela fosse embora para eu poder continuar. Sinto um suspiro. E a porta que se fecha imediatamente. Ela entendeu. Não me pergunta o que estou fazendo. Não é do seu perfil. É bem provável que papai o fizesse, mas ela não. Ela percebe que são coisas minhas. Estou consciente e lúcido, não estou cheirando coca nem navegando em sites de pedofilia. Mas ouvi ainda as suas últimas palavras:

– Saiba que eu não vou dar nenhum bilhete justificando sua falta. Muito menos seu pai.

Traduzindo isso para uma linguagem atual, significa mais ou menos isso: "Pode ficar acordado o quanto quiser, mas você vai à escola amanhã de manhã, mesmo que se arrastando de joelhos como um zumbi caindo aos pedaços".

Não respondo nada. Provavelmente eu estarei pior do que um zumbi, mas não tenho nenhuma intenção de dormir amanhã de manhã. Nem de ficar em casa. No máximo, vou dormir na aula. Mas só depois. Primeiro, tenho muito o que fazer. E, por enquanto, eu continuo conectado.

Nesse meio-tempo, eu me dou conta de que dizer "amanhã de manhã" não é muito acertado. Uma vez que o computador está marcando

4h30, seria melhor dizer "em poucas horas". De fato, não é mais ontem. Já é amanhã. E é primeiro de fevereiro.

Aniversário da Constância.

E eu estou preparando um presente para ela.

É, sim. Um presente.

De repente, os machucados de meu acidente começam a me incomodar. Mesmo que estejam melhorando. E, às vezes, eu não queria que melhorassem. Está certo que me doam. Que me façam lembrar quanto eu fui idiota. E também porque, no fim das contas, essa dor, completamente física, ameniza a dor que sinto por dentro. Não consigo me olhar no espelho, de tão mal que me sinto. Porque Constância não quis mais falar comigo. De forma alguma.

Mesmo quando, em uma manhã chuvosa, acordei às 4 horas, peguei o primeiro trem junto com passageiros adormecidos e desfigurados e fui até à sua casa. A pé, porque os ônibus estavam em greve. E mancando, por causa da dor e dos curativos que me repuxavam por todos os lados. Eu queria surpreendê-la quando saísse de casa. Preparei milhares de discursos e... Nada. Eu tinha esperança que, no momento certo, conseguisse encontrar as palavras certas em algum lugar do meu cérebro.

Foi inútil.

Se ao menos ela tivesse olhado para mim como se eu fosse um cocô. Para um cocô se olha, nem que seja só para não pisar nele. Mas não. Ela passou por mim como se eu fosse transparente. Uma lasca de cristal sem a menor mancha.

Ela literalmente passou por mim, enquanto seu pai, que iria levá-la de carro à estação, olhava entre espantado e curioso para aquele abobado molhado até os ossos que chamava sua filha pelo nome, correndo atrás dela, mancando a olhos vistos.

Mas ele foi um cavalheiro. Eles partiram e eu comecei a me arrastar lentamente em direção à estação. Depois de uns dez minutos, eu o vi ao meu lado, de carro.

Abaixou a janela.

– Entre, se quiser – ele me disse.

Eu entrei.

Ele só me perguntou para onde poderia me levar. Nenhuma outra pergunta. Nenhum comentário a mais.

Eu fiquei em silêncio. Não saberia o que dizer. E, para mim, era suficiente tê-lo ao meu lado.

Eu sentia uma necessidade quase física de estar perto de alguém próximo de Constância. Alguém com quem Constância falasse. Quem sabe, alguém que ela tocasse. Como se eu pudesse, por osmose, transmitir algo meu para ela. E como se a pessoa que estivesse ao meu lado pudesse passar um pouco de Constância para mim.

Além do mais, teria sido muito difícil responder qualquer coisa. No calor do carro, acabei dormindo em cerca de trinta segundos. E, quando ele me acordou para que eu desembarcasse, deve ter pensado que eu tinha fumado alguma coisa pela manhã, porque levei um tempo para conseguir me situar.

Foi naquele momento que decidi dar um presente para Constância, uma coisa que ela não tivesse como negar. Uma coisa que ninguém, ou quase ninguém, deu para garota alguma. Que a obrigasse a, ao menos, me dizer um obrigada. Só isso. Que a fizesse entender o que ela significa para mim.

Pensei nisso por uma semana inteira, a cada instante. Mas ontem, 31 de janeiro, às 17 horas e 30 minutos, eu ainda não havia comprado nada. Eu não tinha a menor ideia do que comprar e, principalmente, não tinha um euro sequer. Meus pais limparam a minha conta bancária, uma conta que meus avós tinham aberto para mim uns anos atrás e na qual, de tempos em tempos, depositavam alguma coisa. Isso para pagar o conserto da moto do Roberto...

Então, depois da janta, sentei-me em frente ao computador. Só para ver mais uma vez o mapa da região onde ela mora. E para esperar ter alguma ideia que eu sabia que não viria.

Já eram 20 horas. Sei disso porque meu pai estava olhando Blob[13]. E agora, que já são 5 horas, ou seja, nove horas depois, eu ainda estou aqui. Com os músculos um tanto rígidos e com formigamentos por todo o corpo, mas estou quase feliz.

Comecei digitando o nome "Constância" no Google, só por digitar. 667.000 resultados. Começando pelo site "Força e Constância – Sociedade Ginástica de Bréscia". Continuando com Constância de Altavila e com o Conselho de Constância.

Descobri que Constância é uma cidade da Alemanha, e não da Suíça, como eu pensava até então.

Interessante, mas não o suficiente para provocar qualquer ideia genial. Então, eu digitei "1º de fevereiro".

Apareceu a primeira página e foi uma verdadeira iluminação.

Os inúmeros "1º de fevereiro" que se seguiram revelaram um monte de acontecimentos.

Por exemplo, em 1788, dois sujeitos norte-americanos patentearam o navio a vapor.

Em 1881 foi iniciada a construção do Canal do Panamá.

Em 1919, pela primeira vez elegeu-se uma miss-alguma-coisa em Nova Iorque.

Em 1991 terminou o *apartheid* na África do Sul.

Além disso, pelo menos quarenta e quatro pessoas mais ou menos famosas também nasceram em 1º de fevereiro. John Ford, por exemplo. Ou Clark Gable. E a princesa Stéphanie, de Mônaco. Sem falar em um tal de Audrys Jouzas Backis, cardeal lituano.

Também morreram umas vinte pessoas conhecidas. Piet Mondrian e Buster Keaton são os mais famosos. E o ônibus espacial Colúmbia explodiu em pleno voo alguns anos atrás. Em 2003, mais precisamente.

Mas em 1º de fevereiro também se celebra uma festa na Irlanda, chamada Imbolc, que é o nome céltico para primavera. É a festa da luz, do sol que volta a bilhar, da primavera iminente. Eles festejam acendendo as luzes de casa por alguns minutos.

Então, mergulhei mais fundo na minha pesquisa.

Digitei "1º de fevereiro de 1989". A data de nascimento de Constância. E descobri que enquanto Constância estreava em sua vida...

... na Câmara estava sendo aprovada a lei nº 53: "Mudanças nas normas sobre o estado jurídico e sobre a progressão da carreira dos vice-brigadeiros, graduados e militares das tropas Armadas e do Corpo da Guarda das Finanças".

E depois, enquanto Constância abria os olhos pela primeira vez...

... O papa João Paulo II estava realizando uma audiência geral sobre o tema "Do Sepulcro Vazio ao encontro com o Ressuscitado".

Enquanto Constância começava o seu primeiro choro...

... Em Trieste nascia um sujeito que, dezesseis anos depois, escreveria em um site de metaleiros que os seus interesses são a música, a cerveja... A música, a cerveja... A música, a cerveja... E cujo endereço eletrônico é cocomerdacu@...

Decididamente, nada a ver com ela.

Enquanto Constância recebia o primeiro colo...

... Na galáxia em espiral M66 (NGC3627) de tipo Sb, na constelação de Leão, a 35 milhões de anos-luz de distância de nós, a supernova 1989B atingia a magnitude de 12,2.

Enquanto Constância fazia seu primeiro xixi...

... Em Pinzolo, nos arredores de Boldino, uma casa estava pegando fogo, o que requeria a intervenção dos bombeiros.

Enquanto Constância dormia, cansada pelo grande esforço de ter nascido...

... Em Bonelo, na Sicília, muitos fiéis estavam visitando a imagem da Virgem Maria, por conta de um milagre: a aparição de dois sóis.

Aquele dia, porém, lá no Paraíso o pessoal devia estar com muito trabalho, já que Jesus, enquanto Constância tinha seus primeiros sonhos, dava um pulinho na cidade de Schio.

O despertador! Sete horas! Agora estão completando onze horas que estou aqui. Minhas pontas dos dedos estão doloridas. Já faz horas que não consigo sentir minha bunda. As pernas não conseguem me sustentar. Minha cabeça está explodindo e girando. Meus olhos... Melhor nem falar. Se tivessem jogado um punhado de areia neles, eles não estariam ardendo tanto.

Meu pai vai ao banheiro. Minha mãe começa a se mexer.

Eu levanto e desligo o computador. O monitor fica preto, numa espécie de suspiro de satisfação. As luzinhas da impressora olham para mim com ressentimento. Não sem motivo. Troquei de cartuchos três vezes essa noite. E da última vez ela já estava dando sinais de cansaço.

À minha volta, na escrivaninha, nas cadeiras, na cama, no chão, estão espalhadas centenas de folhas.

Começo a recolhê-las e a colocá-las numa ordem que eu, mentalmente, estabeleci enquanto imprimia.

Não lavo meu rosto, ainda que a imagem dos meus olhos no espelho do banheiro, enquanto entro para fazer xixi, tenha me assustado um pouco. Se estivéssemos em um romance de terror, a definição exata para eles seria "vazados de sangue".

Café da manhã, nem pensar. Apesar da insistência de minha mãe. Estou com pressa. Eu pego alguma coisa na máquina que tem no corredor da minha sala de aula. Eu me despeço de todos e saio em meio aos seus olhares atônitos. Papai e mamãe devem estar pensando que seu filho homem predileto, até porque único, criado e educado segundo as normas das sagradas escrituras e da pedagogia progressista, deve ter ficado maluco.

Percebo que estou cheirando um pouco mal, mas preciso ser o primeiro a chegar com o maço de folhas já bem organizado à banca de revistas-papelaria-encadernação que há em frente da escola. Preciso evitar a multidão que se forma ali às 7h40, quando, entre jornais, cadernos, canetas e folhas, tudo fica impraticável.

Falta só a espiral para encadernar o livro. Um livro de não sei quantas páginas, em todas as línguas do mundo, cujo tema é tudo aquilo que aconteceu em todos os cantos do planeta no dia 1º de fevereiro de 1989.

O meu presente de aniversário para Constância.

Ela tem que aceitá-lo. Não pode recusar. Ninguém jamais lhe fará outro presente assim.

Mas não sei como vou entregar, se ela não quer nem me ver.

Espero que...

Não sei bem o que espero...

Aniversário

Há uma página no livro que diz que alguém sustenta que em 1º de fevereiro de 2019 haverá uma possível colisão da Terra com um meteorito que não tem um nome decente, já que se chama (89959) 2002 NT7.

Quem sabe onde eu estarei daqui a 14 anos. Mas, se ela não estiver comigo, nada mais me importa. Nesse momento, eu sinto que a minha própria vida começou em 1º de fevereiro de 1989, quando ela nasceu. E que todo o tempo que vivi até agora serviu somente como uma preparação para encontrá-la.

Então, acho justo que, o fim do mundo, se acontecer, aconteça no mesmo dia em que começou, trinta anos mais tarde.

Porque sem Constância não me interessa viver.

Capítulo 29

Quando as garotas fazem aniversário

O sol entra no meu quarto. Deve ser supertarde. Em 1º. de fevereiro, o sol nasce às 7h32 e se põe às 17h22. Os dias começam a ficar mais longos. "Neve de fevereiro, festa no celeiro", diz meu pai, todos os anos, entrando devagarinho no meu quarto e me trazendo um pacote de presente. Quem sabe por quê. Quem já foi a uma festa em um celeiro? É meu aniversário. Tenho 17 anos. Idade fantástica. Lindíssima. Um nojo. Estou sem o Ângelo e ontem beijei um cara que até poucos meses atrás tinha espinhas no lugar dos poros. Eu me sinto nojenta. Não porque beijei o Grande Espinha. Quer dizer, sim. Na verdade, porque o beijei pensando nele. Maldito. Ele se insinuou na minha pele. Como Clara falou. E nós nem chegamos ao máximo. E, além disso, papai não está aqui neste ano. Tudo muda em tão pouco tempo. Amanhã, depois de amanhã, depois de depois de amanhã. Então, para. Às vezes até pior do que isso. Mas tem o sol. Bem. Eu me sinto melhor assim. Esta noite eu e Clara vamos sozinhas a uma pizzaria e depois talvez ouvir música no barzinho ao lado, onde tocam umas bandas de garotos sem fã-clube e onde se pode conversar entre uma música e outra.

A porta se abre e aparece mamãe com seu sorriso. Ela parece mais serena, mesmo que triste de dar pena.

– Parabéns, Constância.

Ela vem até minha cama em passos miúdos e me beija nas bochechas. Tem os lábios macios, com perfume de rosa.

– Felicidade para a minha linda!

A voz de papai. Eu o vejo por entre o emaranhado de braços, meus e da mamãe. Vejo-o assim. Cansado, sozinho, feliz. Em suas mãos, um pacote colorido com estrelas e luas de nariz. Ele segura o meu presente de aniversário. Não tenho vontade de abrir o pacote. Não tenho vontade de ver ninguém. Penso em um guincho e tudo que quero é sair correndo das minhas cobertas quentes, dos meus lençóis de flanela e do meu pijama folgado. Mas fico. Sorrio. Agradeço. Agradeço. Abro o pacote.

– Nós o escolhemos juntos. Eu e sua mãe – papai enfatiza, como se fosse a coisa mais importante do mundo.

Pela minha cama, escorrega uma coisa vaporosa, feita de paetê e tecido muito leve. Um vestido. *Caraca*! Quem usa um vestido assim? E, principalmente, quem iria *querer* usar um vestido assim?

Eles percebem meu espanto e, como todos os pais do mundo, erram na interpretação.

– Eu sabia! Você não esperava isso, não é? Um vestido de verdade! De princesa!

Papai aumenta a dose:

– Você vai ficar linda, Consta. Uma nuvem!

Eu queria um vestido de salamandra, na verdade, mas não digo a eles. Espero que, agora que se separaram, não comecem com aquela história de mimar os filhos, trocando sorrisos falsos e fazendo de conta que ainda podem se tocar sem experimentar a sensação da solidão.

Vocês não devem fazer isso por mim. Não devem. Eu sinto muito pela separação, mas não é o fim do mundo. Do meu mundo. Vocês dois são outro mundo. Como vocês não conseguem entender isso? O meu anjo se foi e ele era o meu amor verdadeiro. E eu beijei o Grande Espinha que, até uns meses atrás, me provocava um verdadeiro nojo. E eu estou "p" da vida com a minissaia vermelho ticiano e com ele. E a minha melhor amiga tem problemas grandes, de verdade. Não são como os meus. Nem como os de vocês.

Eles me olham enquanto sorrio e choro por dentro. Beijo-os e eles me olham enquanto tiro o pijama e visto a nuvem. Então, paro de chorar por dentro e calço os tênis completamente gastos, até os cadarços. E dou piruetas pelo quarto. E me sinto uma idiota e uma princesa.

– Vou para a escola assim. Todos vão olhar para mim. Hoje é meu aniversário. Hoje é especial.

Mamãe não diz nada. Não diz "ponha uns tênis decentes, porque fariam até uma lixeira sentir vergonha". Papai também não diz nada, só sai de meu quarto como se tivesse medo de estragar um momento desses com uma respiração mais forte.

"Respire devagar para não fazer barulho..." Vou me submeter a uma lobotomia. Arrancar as lembranças. Uma vida nova, zerada. Vou fazer com que minha memória formidável, a que todos invejam, seja removida. O que se faz com a memória quando as lembranças arranham o coração? O que se faz?

Arrumo a mochila vestida de nuvem. Nada de café da manhã. Não dá para comer quando se tem um buraco no estômago. Tudo vai embora, sem ficar.

Clara está com o rosto branco de quem vomitou há pouco. A estação está tranquila, do jeito que eu gosto. Esta manhã é uma manhã demais. Tenho 17 anos. Não estou grávida. Ainda não conheci o sexo, não até o fim. Não escalei o Monte Branco, nunca vi um óvni, nunca comi mamão. Ainda tenho muitas coisas por fazer. Sem o Ângelo. Eu sei. Sinto um aperto por dentro. E outro buraco no estômago. Capaz de passar um mamão papaia inteiro por ele.

O chefe da estação olha para mim, o operário que está indo para a fábrica olha para mim, até os trilhos olham para mim. Não há mesmo como não olhar para mim, saindo de manhã com um vestido de festa e tênis surrado.

Sinto vontade de levantar a cabeça e caminhar bem devagar. Quem caminha devagar, ainda que possa errar o caminho, vai longe.

– Feliz aniversário, Constância. Você está muito doida.

Rio com vontade e a abraço. A minha amiga grávida, ainda, por pouco tempo.

Luís acena de maneira estranha para mim. Eu o cumprimento com o braço levantado. Ele me chama e eu me aproximo da banca de laranjas e mexericas. Ele não está mais cozinhando castanhas.

– Pegue, Constância. Deixaram aqui para você.

Entre as mãos dele está um pacote embrulhado com papel estampado com aviões e balõezinhos e amarrado com fita dourada.

– O que é?

– Ah, bom... Eu é que sei? Não é para mim.

Ele me olha com uma espécie de sorriso doce. Então, percebo que ele está se divertindo às minhas custas. Luís cozinha as castanhas às montanhas. Rima estúpida de anos atrás.

Está bem. Abro o pacote. Tiro a fita, tento abrir o papel sem rasgá-lo, mas acabo rasgando e, através de uma capa de plástico transparente, vejo um enorme coração com a data de meu nascimento dentro, escrita em azul.

Caraca, quem tem um coração grande assim? Um boi, um javali, um dinossauro com as coronárias entupidas de gordura de camelo?

Folheio em silêncio. O coração ocupa todos os espaços. O meu coração pula, balança, rola, vira, bate. O meu coração bate. Oh, espírito das estações, que maravilha!

Leio e sorrio:

1º. de fevereiro de 1989: nasce Constância; a Câmara aprova a lei nº 53: "Mudanças nas normas sobre o estado jurídico e sobre a progressão da carreira dos vice-brigadeiros, graduados e militares das tropas Armadas e do Corpo da Guarda das Finanças".

E depois, enquanto Constância abria os olhos pela primeira vez...

... O papa João Paulo II estava realizando uma audiência geral sobre o tema "Do Sepulcro Vazio ao encontro com o Ressuscitado".

Enquanto Constância começava o seu primeiro choro...

... Em Trieste nascia um sujeito que, dezesseis anos depois, escreveria em um site de metaleiros que os seus interesses são a música, a cerveja... A música, a cerveja... A música, a cerveja... E cujo endereço eletrônico é cocomerdacu@...

Decididamente, nada a ver com Constância.

Enquanto Constância recebia o primeiro colo...

... Na galáxia em espiral M66 (NGC3627) de tipo Sb, na constelação de Leão, a 35 milhões de anos-luz de distância de nós, a supernova 1989B atingia a magnitude de 12,2.

Enquanto Constância fazia seu primeiro xixi...

... Em Pinzolo, nos arredores de Boldino, uma casa estava pegando fogo, o que requeria a intervenção dos bombeiros.

Enquanto Constância dormia, cansada pelo grande esforço de ter nascido...

... Em Bonelo, na Sicília, muitos fiéis estavam visitando a imagem da Virgem Maria, por conta de um milagre: a aparição de dois sóis.

Espírito dos trens, dos baobás...

– Você está chorando, Constância?

Olho à minha volta. A estação, o trem, o operário de macacão, Clara, Luís... Onde está o meu estômago? Todos os buracos se fecharam. Então, então.

– Você tinha razão, Clara. Você tinha razão. Não era o que eu estava pensando. Ele é o meu anjo.

– Ah! Veja só. A Constância amoleceu!

Saio correndo, segurando o livro sobre o peito, amassando um pouco a maciez da nuvem. Corro e tropeço. A barra do vestido se rasga. Não importa. Continuo correndo. Não posso correr mais do que isso? *Caraca!* Quero ter asas. Chego a sentir o soar de trombetas. O céu se abrirá e algum gentil querubim irá me trazer um par de asas. Ou, vindo do Olimpo, Mercúrio terá piedade de mim e me emprestará os seus pés. Subo as escadas. Corro pela rua Bonfigli; pela praça Garibaldi cheia de pombas para as quais a senhora vestida de preto joga no chão as migalhas do seu sanduíche; pela avenida Cavour, onde dou de cara com um sujeito vestindo um sobretudo cor de laranja – como alguém pode usar um sobretudo laranja? Como alguém pode usar um vestido de festa por cima de duas camisetas de lã porque se não morreria congelada? Como se faz para ir mais rápido? Como se pode ser tão idiota para não entender isso?

– Está vendo aquela lá?! Está chapada!

– Só chapada? Ei, você! Onde você acha que está indo? Não tem nenhuma balada agora de manhã, só... Bala! ahahah!

A voz de um cara com protetores de lã nos ouvidos chega aos meus ouvidos. As risadas de outros também. Tudo bem.

Ali estão eles. Escola Técnica Parini. Todos estão entrando. O sinal tocou. Onde ele está? Onde está você? Onde você está? Finalmente! Perto do portão de entrada. É o meu guincho, o meu pistache, a jaqueta verde. Chega um *flash*: a jaqueta verde e a minissaia vermelho ticiano. Mando embora a lembrança. Lobotomia parcial. Mando embora as lembranças incômodas.

Um passo a mais e ele terá entrado. Espírito dos tênis, ajude-me!

Acontece assim, de repente.

Eu paro. Ainda tenho fôlego para isso. Preciso encontrá-lo. Encho os pulmões de ar e, então, grito com toda a força que tenho. Grito ao vento que sopra e transpassa a nuvem.

– Amo você, Ângelo!

Capítulo 25

Aniversário desperdiçado

PARE

*V*ermelho.

É um semáforo velho. Eu sempre o vi ali, em frente à estação.

SIGA

Verde.
Ainda está escrito "pare" e "siga" para orientar os pedestres.
Só que eu leio as placas ao contrário.
E me sinto idiota.
Mas idiota mesmo, idiota, idiota!
Idiota demais por ter levado Nini na garupa da moto.
Idiota completo por ter pensado que tinha feito Constância sofrer.
Idiota por ter perdido a noite inteira na internet fazendo o presente dela.
Idiota por tudo.

Ou melhor, idiota.

Aniversário desperdiçado

Tão idiota como alguém que fica ouvindo uma série de peidos. Como eu ouvi Constância.

E pensar que eu estava quase feliz esta manhã, meia hora atrás. Eu tinha certeza de que Constância adoraria meu presente. E estava orgulhoso de mim mesmo por ter tido a ideia de entregá-lo a Luís, o homem das castanhas. Assim, Constância não poderia recusá-lo.

Então, chegou Roberto. Estava estranho. Estava com cara de quem tinha alguma coisa para dizer e de quem não consegue esconder. Mas também estava com outra expressão que quase me assustou. Uma expressão que eu nunca tinha visto nele. De quem está para lhe dar, pela primeira vez na vida, uma notícia ruim.

E, de fato, ele disparou a notícia imediatamente.

– Ontem todo o time de vôlei viu Constância beijando um tal de Lúcio.

Ele faz uma pausa, como que me dando um tempo para que eu digerisse a notícia. Então, acrescentou:

– No vestiário feminino.

Como se fosse importante. E é. Porque o vestiário feminino é o sonho de todo garoto. Lugar de mistérios, perfumes e palavras inefáveis e impenetráveis e do qual nós, homens, seremos sempre excluídos. E Lúcio, ou seja lá qual for o seu nome, entrou no vestiário. E beijou Constância.

E o mundo começou a cair sobre mim. Eu sei que isso é clichê. Isso sempre me pareceu uma bobagem, mas é bem assim. Ou melhor, eu sinto que o mundo começou a desaparecer à minha volta. Fiquei sozinho. Somente eu e minha surpresa dolorosa.

E o letreiro da pizzaria da esquina se tornou AIЯAZZIꟼ. Depois de tantos anos.

Mas Roberto ainda não tinha terminado.

– E outro dia eu a vi sair da ginecologista que tem consultório perto do campo de futebol. Estava com uma amiga. Eu a vi e joguei a bola nelas para vê-la melhor. Estava com uma cara! Parecia que ia desatar num choro.

Roberto olhou para mim. Fiquei com náusea.

– Então, a médica foi até a rua porque Constância havia esquecido o celular. Ela o devolveu e então olhou para ela com um jeito estranho. Fez um carinho na cabeça de Constância e lhe disse alguma coisa como "tudo vai dar certo. A cada momento há milhares de mulheres no mundo que ficam grávidas".

Ele me olhou assustado.

– O que você fez? E por que não me disse nada?

Levei uns segundos para entender a enormidade da coisa.

Constância.

Grávida.

E não fui eu.

Disse isso a ele, como se fosse a coisa mais importante do mundo.

– Não fui eu.

Constância um dia me disse que as garotas volta e meia fazem. Bom, eu também estou fazendo. Agora mesmo. Ali. Encostado no portão da escola, num frio daqueles, que congela as mãos. E não gosto nada do que vejo.

É um *mix* de corpos que se enroscam, como nos filmes pornôs que vemos às vezes às escondidas na casa do Roberto. E ali está o rosto de Constância espremido entre todas aquelas mulheres e também na ilustração do livro do ensino fundamental que explicava a reprodução. Tantos pequenos espermatozoides sorridentes indo em direção a um grande óvulo pacífico e tranquilo. Mas o óvulo tem o rosto de Constância.

Sufoco a ânsia de vômito em um acesso de tosse. Não podia vomitar ali, na frente dos estudantes da manhã, aqueles que chegam no trem das 7h13 e não têm vontade de entrar até 8h30. E, depois, preciso voltar à estação e pegar de volta o meu presente. Não queria que acabasse nas mãos de Constância. Ela não poderia recebê-lo. Não seria justo. E não quero parecer mais idiota do que aquilo que já sou. Ela já deve estar rindo de mim. Começo a correr. Até a estação.

Mas foi tudo inútil.

Quando cheguei, Luís me olhou todo sorridente.
— O que você deu a ela? Ela fez uma cara!
Nem bem o ouvi e saí correndo. Correndo.
E agora estou parado em frente a este semáforo ridículo.

SIGA.

Continuo correndo.
Roberto está me seguindo
— O que você vai fazer agora?
Repete três vezes a pergunta antes que eu responda.
— Nada. Vou voltar para a escola.
Poderia matar aula, claro. Mas, além do trabalhão para falsificar a assinatura do meu pai ou da minha mãe, o que mais eu poderia fazer? Ficar vagando por aí sozinho pelas ruas geladas até a hora do almoço?
E não estou com vontade de falar com ninguém.
Mas, assim que entro na escola, ouço a voz dela. É um grito.
— Amo você, Ângelo!
Dessa vez, o mundo não cai. Mas para. Cristaliza-se. É um mundo de gelo o que tenho à minha volta. Todos estão congelados e imóveis à minha volta. Ninguém se move. Ninguém respira. E ela corre ao meu encontro. Leva um tempo infinito para chegar até mim.
Mas, se ela corre em câmera lenta, dentro de mim nada vai devagar. Ao contrário! Adrenalina a mil, coração que parece um compressor, o sangue que desce até os pés e sobe fervendo até o rosto. Uma câimbra terrível do estômago para baixo. Náusea.
Ela para na minha frente e não diz nada.
Olho para a sua barriga. Não mudou. Mas sei que nos primeiros meses não dá para ver nada.
E, então, eu faço a pergunta. Ou melhor, a Pergunta, com P maiúsculo. A única coisa que tenho necessidade urgente de saber, desde que Roberto me falou.
— É verdade que você está grávida?

Não responde. Mas vejo o pânico em seus olhos. Agora é ela quem fica vermelha. Depois, pálida. Abaixa os olhos e não responde. Mas eu não preciso de palavras para entender.

Não tenho tempo de pensar em mais nada. A ânsia de vômito dessa vez é irresistível.

E a primeira golfada de vômito acaba diretamente sobre os pés dela.

Mas ainda tem todo o resto. Tem Constância, a estação, o bosque, os beijos, as palavras, os sorrisos, o coração que bate, o presente, a felicidade de estar com ela.

E não consigo parar de vomitar.

De repente, sinto uma mão que segura a minha testa. Tento me esquivar dela. Não quero Constância. Mas não é ela. E é a voz que se revela.

– Fique tranquilo.

A professora de italiano. Ela tem duas filhas e certamente sabe como tratar alguém que está se esvaindo em vômito.

Eu me abandono na mão dela.

Quando terminei, depois de um tempo interminável, ela me abraça pelas costas e me leva para dentro da escola.

– Este ano a infecção gastrointestinal está terrível. Vamos lá para dentro. Depois vamos ver.

Eu me sinto vazio. Mas estou feliz por ter vomitado. Assim, minhas lágrimas têm uma justificativa.

Olho à minha volta.

Vejo uma selva de rostos me olhando.

E o letreiro da escola.

iniraP acincéT aloosE

Constância não está mais ali.

Capítulo 26

As garotas e os *tum-tuns* do coração

A mesa ao lado da minha está vazia. Vazia. Clara não veio. Seus seios já tinham aumentado um número. Agora, irão voltar ao normal. Não terá mais os enjoos e não vomitará mais só de olhar para maionese. Tudo como antes. Melhor assim. Tailleur cinza tem razão. Ela nem vai se lembrar. No fundo, foi um erro. No fundo, não é nada. Você irá dormir e, quando acordar, tudo parecerá ter sido um sonho.

Aquele coração. Aquele coágulo. *Tum-tum*. O meu coração. Não bate com esse coágulo. Eu também quero dormir e quero que seja um sonho distante.

Ele se virou, olhou para mim e eu vi o seu espanto, quase doloroso. Aquela pergunta. Maldade. E, então, nada. Pior do que nada. Quase vomitou em cima de mim. O cheiro ácido e aquelas coisas em pedacinhos que saíam da boca dele, como que dizendo: "você é mais nojenta do que a comida dentro do estômago, Constância..." Os outros riam, alguns estavam quase constrangidos, outros assobiavam.

Eu amo você, Ângelo. Gritado com toda força, com um vestido de nuvem em uma manhã de fevereiro com o gelo suspenso no ar.

E ele nada. Só vomitou aquela pergunta maldosa. Por que isso agora? Por que aquela coisa maravilhosa, o presente que todos gostariam de receber. Ai, que idiota eu sou. Sempre caio. Confio e me apaixono por um guincho que tem pressa de voar, de ir embora.

– Constância, e então?

– Sim, professora?

– Sim, muito bem. Sou uma professora há vinte e um anos, para ser precisa.

Ouço Antônia rindo. Minha vontade é de lhe dizer que tome cuidado porque eu comecei a bater forte e sou capaz de acertar um treinador de vôlei, idiota e imbecil, naquele lugar.

– Desculpe, estava distraída.

– Que novidade. Então, a poesia está pronta?

O quê? Ah, a poesia. Quem se importa, quase respondi. Mas, os anos de educação acabaram vencendo:

– Sim, claro. Eu só tenho que... revisá-la.

Agora, todos riem. Seus podres.

– Bem, revise-a rápido. Eu a quero daqui a meia hora.

Daqui a meia hora talvez o mundo já tenha terminado. Não em 2019, mas agora. Dia 2 de fevereiro de 2006. Portanto, para que ter o trabalho de inventar mentiras e de escrever poesias? A poesia desenvolve o progresso. Bobagens!

Meu olhar recai sobre a folha branca posta em minha mesa. Ouço Felipe sussurrando atrás de mim.

– Escreva qualquer coisa, como vier na sua cabeça. Assim ela para de estressar você.

Eu me viro e sorrio para ele. Obrigada. Vou escrever alguma coisa. Essa dor, pelo menos. Assim, quem sabe se derramada sobre a folha, ela me faz menos mal. Se vão postas numa folha, as palavras arranham o coração só na superfície. De novo os buracos no estômago.

A caneta deixa sinais pretos sobre a folha branca. *Confusa e enfeiticada, a lua...*

Então, não sei, não sei o que está acontecendo comigo. Quanta tinta ainda tem na caneta? Quando uma galáxia se expande, por que não percebemos? Por que deixamos que as coisas ruins aconteçam sem fazer nada e praticamente nos esforçamos para jogar fora as coisas boas? São tão raras as coisas boas. Até o meu vestido de ontem era bonito. Eu me senti ridícula entre os garotos da escola, mas sei que era uma coisa bonita. Pena que tenha rasgado. Será que dá para arrumar? E um amor que desapareceu tão cedo... Será que dá para reencontrá-lo?

Não sei, não sei o que está acontecendo comigo.

– Professora, preciso sair.

– O quê?

– Preciso ir embora.

– Você está mal?

Ela mesma me dá a ideia.

– Muito mal. Preciso voltar para casa. Logo.

– O que você está sentindo?

– Dor. Por tudo.

E, dessa vez, não é uma mentira.

– Está bem, Constância. Vá à enfermaria. Se não melhorar, ligamos para a sua casa. Ah, e me dê aquela folha, mesmo que não esteja revisada.

– Obrigada, professora.

Saio. Quase nas pontas dos pés, eu voo pelo corredor e, então, desço as escadas que levam até a sala de informática. Térreo. O auxiliar de disciplina está lendo o jornal. Nem nota a minha presença. Entro no banheiro. Abro a janela. Escalo. Lado de fora do prédio. Moto amarrada com corrente sob pinheiros e faias. Estou sem a jaqueta impermeável e o frio abre outro buraco no meu estômago.

Preciso fazer isso rápido. A clínica particular é do outro lado da cidade. A moto verde está sem corrente. Modelo velho. Tenho que pedalar e empurrar. Como aquela de Ângelo. Velhas demais para chamar atenção de um ladrão.

Usando o pedal, nada. Empurro a moto pela rua e, enquanto faço isso, lembro que não tenho carteira, capacete, nenhum documento aqui comigo. Mas isso não é um problema. Eu só preciso chegar a tempo.

O motor liga e pulo na moto. O guidom me escapa, assim como minha vista, por um segundo. Não sou Constância. Não sou. Agora eu sou o espírito das motos. Ainda que seja a primeira vez que pilote uma! E sei que chegarei até onde Clara está. Onde está o *tum-tum* do coração que cresce dentro dela.

O quarto, 12, como a plataforma. A enfermeira diz que não se pode entrar. Eu peço, imploro, suplico. Cinco minutos. Só cinco minutos. O cheiro é igual ao de todos os outros hospitais onde já fui para levar flores a uma tia, biscoitos para um primo operado de apendicite. Mas aqui é tudo sofisticado. Aqui se paga até a luz que entra pelos vidros. Quarto 10. Fechado. Quarto 12. Fechado. Bato. Ninguém atende.

Abaixo a maçaneta e entro. Então, recuo instantaneamente e minhas costas batem contra a porta. Tailleur cinza está sentada em uma cadeira ao lado da cama e abraçando um travesseiro. A cama está vazia. A coberta branca, abaixada.

Ela levanta a cabeça e percebo que está chorando.

– Olá, Constância.

Não respondo. Só quero saber onde está Clara.

Parece que ela lê meus pensamentos.

– Ela fugiu. Clara fugiu. Não entendo. Não consigo entender. Estava tudo pronto. Em poucos minutos, tudo teria terminado.

Eu sinto um alívio. Ela não entende. Claro, é normal. Minha mãe também não entenderia. Queria dizer isso a ela, que a poesia faz nascer as fábricas de pães e de chocolates. Ela não ouve o *tum-tum* do coração. Mas fico calada. Uma parte da mim a compreende. Volto pelo corredor enquanto um médico distraído vai em direção à máquina de café. Saio da clínica e agradeço ao vento gelado que vem do norte, das montanhas de neve.

Eu a vejo ali, ao lado da moto verde apoiada no tronco de um baobá. Que idiota, uma árvore que parece morta.

– Ei, você!

Corro em sua direção e ela sorri para mim.

– Ei, você!

– Oi, Constância.

– Oi.

– O quê você está fazendo aqui?

– Pense bem antes de fazer isso. Os *tum-tuns* conseguem sentir as galáxias em expansão.

– Sim, preciso pensar. Ainda tenho um tempinho. E, por favor, não bata em mim. Juro que, dessa vez, eu devolvo na mesma moeda.

– Ah, ah, ah! Você não conseguiria.

– Não me provoque, Constância abobada apaixonada por um anjo um tanto canalha.

– Muito canalha. Além disso, ele não me quer.

E não digo mais nada. Não conto sobre a frase que me esbofeteou até a alma, se eu ainda tivesse uma. Aquelas avelãs que me olhavam e falavam coisas estranhas. *É verdade que você está grávida?* Eu deveria ter respondido logo, rápido: não, do que você está falando? É Clara quem tem um *tum-tum* dentro dela. Mas não. Não. Fiquei assim, sem palavras para responder, como quando era pequena e olhava para a copa das árvores tentando descobrir onde as borboletas se tornavam fadas. A história que meu pai me contava dizia que, quando as borboletas morrem, tornam-se fadas boas bem naquele espaço em cima das árvores, entre elas e o céu. Eu ficava horas observando uma borboleta, em silêncio para que ela não escapasse, esperando que morresse. Sim, claro, uma grande bobagem. Mas, naquele tempo, eu não achava que fosse. E acreditava que meus olhos poderiam ver a fada boa, que vive pela eternidade olhando a passagem das coisas e das pessoas sem nunca deixar de sorrir.

Então, fiquei quieta. *Respire devagar para não fazer barulho...* E ele, idiota, pensando uma coisa assim de mim. Não vale a pena explicar, se ele é tão babaca a ponto de não entender que eu sou completamente apaixonada por ele. Como, diabos, eu poderia fazer amor com algum outro cara se é a ele que amo? Não vale a pena trair uma amiga por um garoto assim. Melhor ser salamandra. Melhor ser fada má. Fada eterna, vinda de uma mosca sanguessuga.

– Mas você é rapidinha, hein? Beijar o Grande Espinha?! Mas veja só! Fico sem ar.

– Como você soube disso?

– Todo mundo sabe. Uma espécie de boletim informativo deixou todo o bairro a par. Eu acho que foi o próprio Grande Espinha, orgulhoso por ter feito uma garota como você cair em seu fascínio. E depois eu soube. Você provocou a demissão de... João Lucas.

– Meu Deus! Que confusão! Vai ver foi por isso que...

– Ah, mas você é especializada em confusão.

Eu a vejo por dentro do blusão e por dentro das calças caras de veludo. Tão perdida e indefesa. Os seios estão maiores e já há uma espécie de barriguinha. E a cabeça alta, sustentada por um pescoço firme. O que será feito dela? O que será feito de todos? Se o mundo terminasse hoje, não haveria mais problemas. Mas eu queria que Ângelo sobrevivesse. Sozinho, desesperado, sentindo uma culpa infinita por ter me acusado de uma coisa falsa. Fada má.

– Eu senti. Por isso eu fugi.

– O que você sentiu, Clara?

– Uma espécie de movimento, um leve tremor. Mas estava dentro de mim. Na barriga. Dentro dos ossos e do sangue. Eu me levantei da cama assustada e arranquei a agulha do soro. Fui até a janela e vi você chegando em zigue-zague por entre os carros com uma moto roubada, pois você não tem nenhuma moto, e sem capacete. Eu pensei que... Pois é, eu pensei que poderia ser como você. Poderia ficar amiga de alguém e salvar a sua vida chegando em uma moto enferrujada. Poderia criar caso e me apaixonar por alguém que encontrei na estação. Poderia ter uma memória formidável e descobrir a fórmula que faz com que as palavras se transformem em poesia e, assim, acabar com a fome do mundo com fábricas de pães ou, quem sabe, somente sorrir e fazer com o que mundo se abra.

E como ela pode ser assim? Como pode ser tão doce e tão severa? Sim, eu abraço minha amiga grávida ainda não sei por quanto tempo. E não quero chorar, quero que ela chore.

– Se você se ajeitar bem, podemos sentar as duas no selim. Mas primeiro eu tenho que empurrar e você precisa ficar preparada para subir. Ok?

Ela não chora. Ri. Pulamos no banco sem forro e o caminho se torna um percurso cheio de obstáculos. De quem será esse lixo de moto? Só agora eu me pergunto e começo a rir. Deve ser de um pé-rapado. Agora o frio é total. Mas ela ainda está rindo. Espírito das motos roubadas, obrigada!

– Vou levar você para ver a água em movimento, Clara. Você merece.

– Ok. Mas isso se os policiais não nos levarem para a delegacia.

– Não se preocupe com nada. Escute, se você decidir pela gravidez e nascer uma menina, dê logo polpa de mamão, ok? Mas se for menino, nunca, eu disse nunca, dê pistache.

Capítulo 27

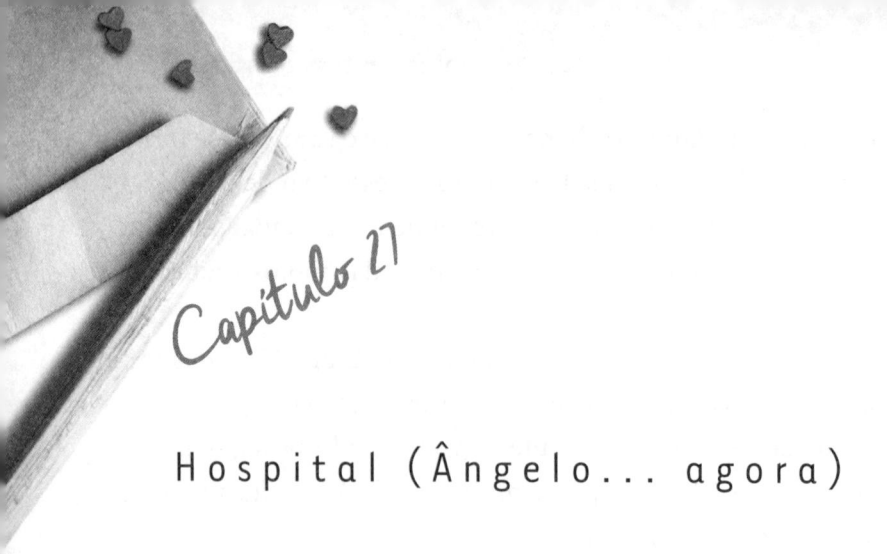

Hospital (Ângelo... agora)

BAR

PARE

LANCHES

Corra, imbecil! Corra!

Caraca, mas o que deu nela?

Descer até os trilhos enquanto um trem está chegando... Um Intercity, para ser mais específico.

Como se fizesse diferença acabar embaixo de um regional ou de um Eurostar.

Talvez o barulho deles seja diferente, quando tentam, desesperadamente, parar. Ou talvez mudem só alguns detalhes dos sons em uma sinfonia de guinchos e rangidos. Com um "tuuuuuuuuuuu" cortante que grita por cima de tudo.

No ensino fundamental, sempre me diziam que os trens assobiam.

Isso é uma mentira. Eles gritam, berram, estrepitam furiosamente. Para dizer a uma pequena imbecil chamada Constância que se jogue aos seus pés. Porque eles são os gigantes bons e tolerantes que não se

Hospital (Ângelo... agora)

ocupam dos problemas dos outros e não se movem um milímetro dos dormentes. Mas eles não suportam que ninguém ocupe o seu espaço. Porque, se alguém fizer isso, eles não terão piedade. Se você invadir o território deles, mesmo que por engano, eles estraçalharão você com seus milhares de dedos de aço.

Eu não vi a Constância cair. Eu só a vi em pé, entre os barulhos dos trens e os gritos das pessoas. Então, ela sumiu.

Em sua direção, um monte de gente. Gente que colocava as mãos no rosto. Gente que berrava. Gente que gritava no celular. Gente que se virava para o outro lado. Gente que escapava dali. Gente que se aproximava com uma expressão cruelmente curiosa.

As pernas, completamente desconectadas do meu cérebro, me levaram até onde a multidão estava mais concentrada, no lugar onde eu tinha visto Constância pela última vez.

Então, chegou uma mulher segurando uma bolsa.

– Deixem-me passar, deixem-me passar. Eu sou médica.

Eu a vi ajoelhando-se ao lado de um sujeito estendido no chão.

Não consegui me aproximar mais, pois logo um grupo de policiais montou uma barreira.

– Circulando. Circulando. Não aconteceu nada.

Como nada? É Constância aquela lá caída no chão. A minha Constância. Quem sabe com as pernas mutiladas. Ou a cabeça separada do corpo. Ou dividida ao meio, com um rio de sangue.

Então, chegaram três enfermeiros com uma maca e um monte de equipamentos. Correndo. Uma operação veloz. Uma onda de camisas brancas e de coletes cor de laranja com a cruz vermelha. Saíram correndo.

Sobre a maca, um monte de cobertas.

Constância.

Pude ver somente o rosto dela. Estava com os olhos fechados.

E sempre gente e policiais à volta.

Uma ambulância. Sirene da polícia na frente.

Luzes piscantes.

E agora?
Comecei a correr.

PADARIA

CERÂMICA

CONFEITARIA

Os letreiros me acompanham. Sinalizam que estou indo para frente, ainda que eu sinta estar parado. Como aqueles pesadelos em que você tenta escapar e, na verdade, não consegue sair do lugar.

ROTISSERIA

CAFÉ

RESTAURANTE

Estou sem fôlego.

"Corram de forma que a frequência cardíaca não seja nem alta demais nem baixa demais. Assim, vocês obterão um melhor rendimento."

Sim, treinador. Você disse isso milhares de vezes. Mas quem se importa com a frequência cardíaca agora? Essa é uma longa descida, sem bola, ao longo do campo, em direção ao gol adversário. Que não chega nunca.

Não! Estou chegando.

HOSPITAL

ESTACIONAMENTO PROIBIDO

PRONTO-SOCORRO

Hospital (Ângelo... agora)

A flecha indica a direita.
Uma ambulância estacionada. Duas pessoas conversando.
Por onde se entra?
Olho à minha volta.
Uma das duas me indica um cartaz, sem falar.

TOCAR A CAMPAINHA

Poderia tocá-la somente respirando em cima dela, de tão ofegante.
Uma enfermeira gorda com o rosto simpático e doce abre a porta.
Tento recobrar o fôlego necessário para falar, para perguntar, para saber.
Balbucio.
– Trouxeram uma garota para cá?
Ela me olha.
– Aquela do trem?
Não tenho força para responder. Sinalizo que sim com a cabeça.
– Quem é você? Irmão dela?
Eu a arrebentaria ali. Na porta do pronto-socorro. Mas o que importa quem eu sou. Não sei o que sou. Diga-me como ela está, sua gorducha.
Mas consigo somente fazer um não com a cabeça.
Então, ela ri. Ri forte.
Depois, libera a passagem e me deixa entrar, dando-me um tapinha na nuca.
– Ah, o amor... – diz ela, sempre rindo.
E então eu compreendo. Entendo tudo.
Ninguém ri se uma garota de 16 anos está morta. Ninguém ri se ela perdeu as duas pernas debaixo do trem. Só se ri quando se está bem. Ou quase.
Sinto minha cabeça girando. E me apoio nela. Ela me sustenta, com força.
– Nossa! Você não está mal também, está? Nós já temos muito o que fazer.

Então, ela me indica uma porta.

– Entre ali e espere. A sua namorada não tem nada. Só algumas escoriações. E, talvez, um braço quebrado. De qualquer forma, está fazendo exames com raios X e alguns outros, por segurança.

Entro na sala como se estivesse nadando no ar espesso e empapado por um cheiro de tristeza e de medicamentos.

Clara. A sua amiga. Ela me vê. E vem ao meu encontro. Agarra-se ao meu pescoço e chora. Soluça.

– Ela está bem. Está bem. O trem parou no último instante. E um homem se atirou para salvá-la. Agora ela está ali, com os pais.

O casacão dela está sobre uma cadeira. Ela está usando um moletom e sinto seus seios movendo-se ao ritmo da sua respiração ofegante contra o meu peito. Olho para eles quando ela se afasta. Nunca tinha visto dois seios assim...

Olho melhor para ela. A barriga...

Clara percebe como e para onde estou olhando. E sorri entre lágrimas.

– Sou eu. Sou eu. Não é ela quem...

Não termina a frase. Depois, recomeça.

– Que longo caminho as borboletas devem percorrer para entender o seu destino. Eu ainda não sei o que fazer. O que é certo fazer, para mim... Para todos. Constância está bem, sabe...

Eu a vejo tão frágil e tão cheia de medo. Não consigo compreender profundamente, mas agora entendo o que todos dizem desde sempre: nada é simples.

Como eu pude? O que me deu? Por que eu fui tão estúpido?

Eu me sento.

Uma voz chama por ela.

– Clara.

Uma mulher está na porta. Uma Constância mais velha. Diferente, mas igual a ela. O rosto cansado, porém com uma expressão radiante.

– Se quiser vê-la e dar um oi, venha. Depois, você pode ir. Vão fazer uma tomografia axial computadorizada por segurança, mas já estão falando em mandá-la para casa.

Hospital (Ângelo... agora)

Vou até o corredor. Ela está em uma maca que uma enfermeira está empurrando. Eu praticamente me escondo atrás de Clara. Como se tivesse medo de ver Constância e de me deixar ver.

Mas ela se dá conta de que eu estou ali.

– Oi – ela diz.

Então, faz uma pausa.

– Você veio? – ela pergunta. E é uma pergunta inútil e linda.

– Correndo – consigo responder. E sinto minha boca se abrindo em um sorriso.

Então, digo mais alguma coisa. Mas o meu cérebro já deve estar completamente desconectado de todo o resto, porque não consigo entender nem o que eu digo. Ou melhor. Eu entendo o sentido, porque é aquilo que sinto no meu coração.

Ela também sorri. Um sorriso que me acompanha até que ela desapareça atrás da porta de um elevador.

Sinto uma voz atrás de mim.

– Tem um telefone por aqui? O meu está descarregado.

Uma mulher. Está agitando um celular inútil.

Uma enfermeira responde.

– Está ali. Ao lado daquele garoto.

Eu me viro. O garoto sou eu e o telefone está bem aqui, do meu lado.

Leio o cartaz que há em cima dele.

TELEFONE.

Capítulo 28

Constância... agora

Eu vi a borboleta morrer. Exatamente assim. Estava ali um segundo antes, abrindo as asas coloridas com graça. E, então, sobre uma faia, próxima à luz do sol oblíquo, ela soluçou e eu entendi que estava chorando. Os animais não choram. Imagine só as borboletas. Quem não chora não tem alma. Por isso, usando um silogismo simples, os animais não têm alma.

A borboleta se tornou uma fada e as suas lágrimas eram tão verdadeiras quanto as suas palavras.

– O que você sabe sobre o amor? O que você conseguiu entender?

Pois é. Eu entendi. Amor. Não tenho medo de chamar de amor aquilo que é. E ele é o meu amor, ainda que um pouco idiota. Mas isso não importa. Caminho e sorrio. E cumprimento as pessoas e estudo matemática e biologia. E ando em uma moto roubada e pego Clara, que tem um *tum-tum*. E escrevo números de telefone em janelas de trens que partem da plataforma 12 e me lembro das datas. E me lembro dos caminhos com baobás e da lua, como um grande merengue no céu. Lembro-me de tudo e, no meu lembrar, eu o tenho. Ele, que me embala no coração, que às vezes arrasa comigo, que às vezes me cerca. E naquele momento eu desejo não ser mais eu, para poder descansar um pouco de mim e confiar, confiar, confiar um pouco. E eu gostaria que fosse um pouco muito, se possível.

Constância... agora

Então a fada não ria mais. Por isso, fiquei preocupada.

Ei, o que você está fazendo, boa fada? Então, você poderia... Eu lhe peço... Pegar a passagem para o meu amor? Veja só, ele ainda não a validou. Por minha culpa, porque eu beijei o Grande Espinha e ele pensou que eu tivesse um *tum-tum* que sente quando uma galáxia, respira e se alarga para acolher alguém que não existia antes, ou melhor, que estava perdido em galáxias diversas. O meu amor está sofrendo tanto que não consegue se dar conta de que vai levar uma multa, porque os fiscais dos trens não têm vontade de ouvir as histórias. Eles precisam fazer o trabalho deles.

Mas quem ama faria de tudo para não deixar seu amor sofrer. Quem sabe até escrever poesias que não sabe escrever; ou mudar a parte do seu mundo; ou talvez mudar a cor da lua para que fique da cor dos seus olhos; ou ainda, quem sabe, acordar com uma música na cabeça que se torne parte do seu coração e do seu estômago, pelo qual pode passar um mamão papaia inteiro; ou só ter a coragem de chamar de amor aquilo que é.

Então, não vi mais a fada. Mas, *caraca*... A passagem de Ângelo está aqui, na minha mão. Finalmente. Na minha mão. Foi ela, eu pensei. A borboleta com alma. Ela me trouxe a passagem que tem a luz das fadas.

Eu queria entregá-la logo para ele, antes que o trem partisse. Mas eu não sei, eu não sei. Por que eu sinto uma dor por todo o meu corpo? Por que estou ouvindo berros e gritos? Não são as vozes das fadas. Mas, por sorte, alguém leva embora a minha dor.

– Como você se chama?
– Ela se chama Constância.
– Senhora, por favor, é ela quem deve responder.

As vozes das fadas são diferentes. Uma é a voz da mamãe. A outra é desse senhor que está em cima de mim e toca nas minhas pernas, na minha barriga e na minha cabeça. Eu sinto a sua mão passando por todo o meu corpo. Mas eu estou deitada onde?

– Força, garota, responda. Como você se chama?

– Como disse minha mãe. A não ser que ela tenha mudado meu nome nos últimos dias – respondo irritada.

Ele ri. Não é, mesmo, a risada das fadas.

– Ah, uma garota inteligente e picante. E muito sortuda também.

Eu queria responder e perguntar o que ele entende por sorte. Porque alguém que perde o seu amor não me parece exatamente sortuda. Mas eu não sei quem ele é. Então, vejo o jaleco branco e o estetoscópio pendurado sobre o peito e compreendo. Um médico. Ok. Estou deitada em uma cama e um médico está me examinando. Fico em pânico. O que aconteceu?

Eu penso, e talvez até diga... Porque o estetoscópio veio um pouco para baixo e, assim, eu vejo os seus olhos... E penso que são coloridos como as canetinhas azuis jumbo, aquelas de ponta grossa que eu usava nos anos iniciais. Lindos. Lindíssimos. Mas não como as avelãs.

– Você está no hospital, Constância. Você queria descarrilhar um trem, mas como ontem o maquinista tinha ganhado de presente do seu espírito guia um par de óculos capazes de ver até as formigas a cinquenta metros de distância, ele viu você a tempo e conseguiu frear antes de fazer um *frappé* com você.

Ele ri de alegria. Vejo que mamãe está soluçando.

– Vamos, senhora. Eu estava brincando. Posso brincar, não é, garota?

Ora, garota! Eu queria dizer a ele que eu quase fiz sexo com Ângelo em um bosque encantado. Mas a mamãe está aqui. Fico calada, então ele continua.

– Se não fosse por um senhor com síndrome de salvamento que saltou em cima de você para lhe proteger, bom, acho que você não teria nem este braço quebrado.

Braço quebrado? Qual? Não sinto nada!

– Fique tranquila, é o analgésico. Você não sentirá nada por muitas horas. De qualquer forma, foi ele quem se deu pior. Assim aprende, como se diz. Ele quebrou uma perna, além do braço. Durante dois meses não poderá salvar mais ninguém.

Ri novamente. Meu Deus, um médico com humor negro.

Perto dele está Clara, que também sorri. Menos mal. Clara sorri. Uma nova galáxia está se abrindo.

– A professora mandou a folha com a sua poesia para você... revisá-la. Ela disse que você precisa fazer isso até amanhã. Ela quer isso para amanhã, entendeu, sua louca?! Ela disse que é linda e que amanhã terminam as inscrições para o concurso. A professora Otávia até chorou. Ela, que nunca chora, nem quando ouve os coros de vozes infantis. Ela chorou e disse que não via uma coisa assim não sei há quanto tempo. E eu acho que ela, de fato, nunca viu. Então, revise-a, Constância. Você se lembra disso, sua tonta de memória formidável que acredita em alienígenas?

Lembro. De repente, eu me lembro de tudo. Mas tudo mesmo. E, assim, enquanto eu lembro, eu o vejo. Realmente, parecem dois. Com três olhos de avelãs cada um. Seis avelãs ao todo. E, com os seus seis olhos, olha para a folha amassada que Clara abana como uma bandeira e sei que seus olhos de alienígena já interceptaram as curvas pretas no papel. Mas eu não me arrependo. Não me arrependo de ter escrito o que escrevi e que me lembro, sílaba por sílaba.

É o remédio para dor, não se preocupe. Essa é a voz das fadas. Mas não é a sua. Ângelo. Anjos e fadas, duas categorias formidáveis. E vejo, na minha mão quase fechada – acho que não a do braço quebrado – a passagem do trem. Rasgada em mais de um pedaço, mas está ali. Então, não era um sonho aquilo com a borboleta e com a fada.

Infelizmente não foi validada, eu queria dizer a ele.

Não se preocupe com nada. Idiota, idiota, idiota. Perdoe-me, Constância. Eu lhe peço, sou uma espécie de canalha, mas eu aprendi. Eu amo você, muito.

Quase não consigo ouvir a voz, mas mesmo assim ela ribomba como um trombone. E o tambor dentro do estômago está fechando os seus buracos para não deixar passar os mamões inteiros.

Fecho os olhos e desfruto este momento em que alguém que não é qualquer um tem a coragem de chamar de amor aquilo que o amor é.

Ângelo

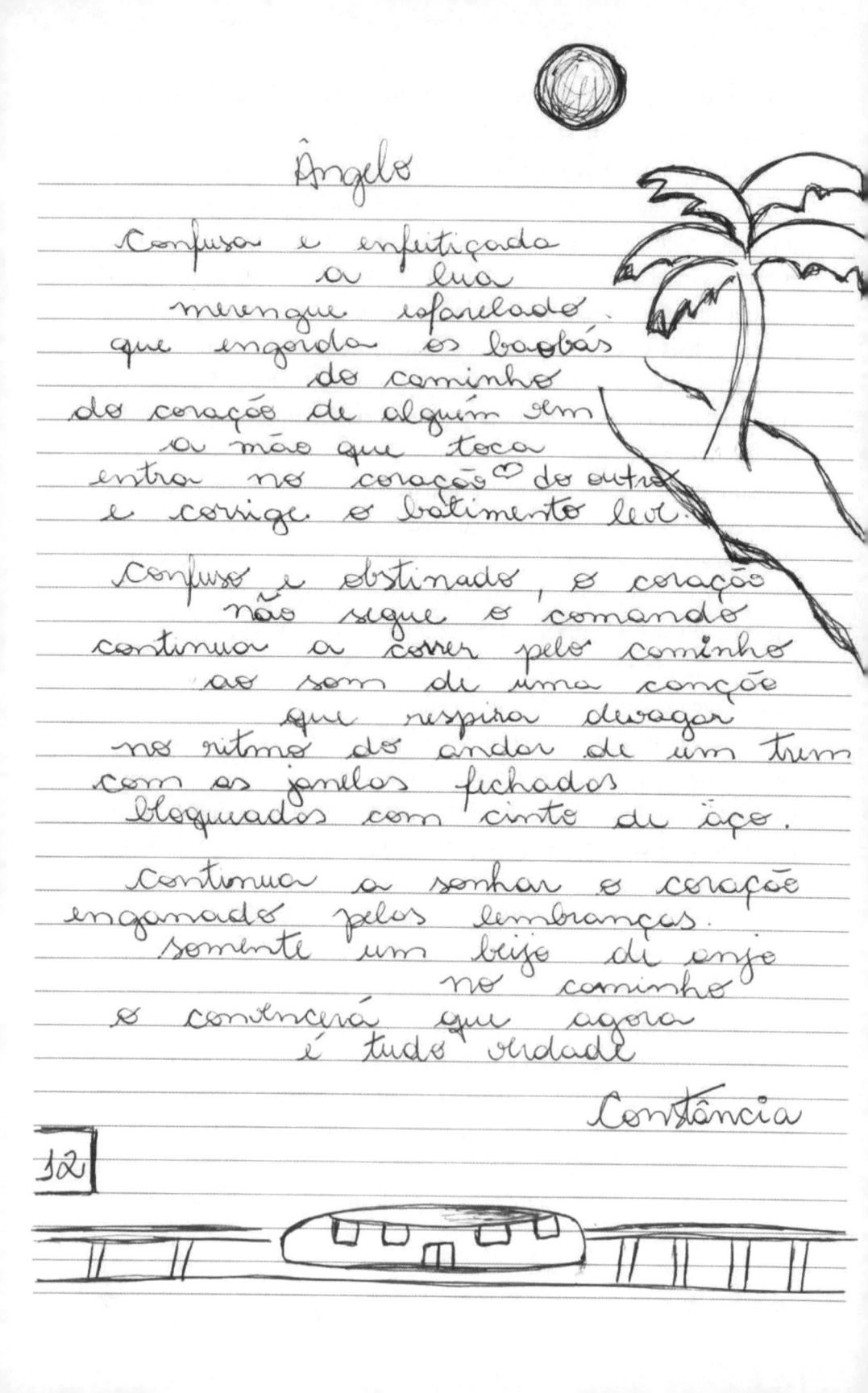

Confusa e enfeitiçada
    a lua
    merengue esfarelado.
que engorda os baobás
    do caminho
do coração de alguém sem
    a mão que toca
entra no coração do outro
e corrige o batimento leve.

Confuso e obstinado, o coração
    não segue o comando
continua a correr pelo caminho
    ao som de uma canção
    que respira devagar
no ritmo do andar de um trem
com as janelas fechadas
    bloqueadas com cinto de aço.

Continua a sonhar o coração
enganado pelas lembranças.
    somente um beijo de anjo
        no caminho
o convencerá que agora
    é tudo verdade

                Constância

12

Consórcio

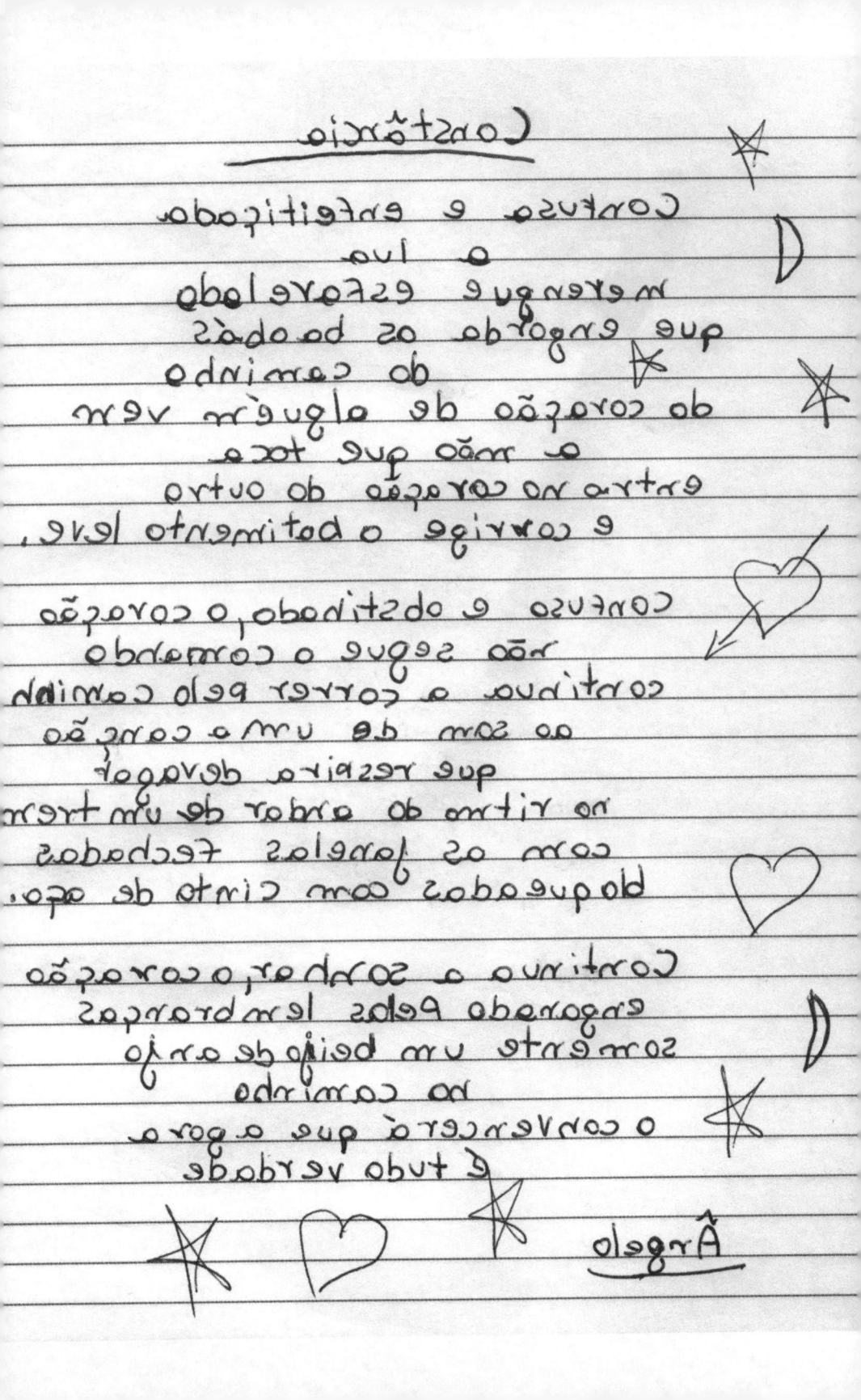

Confuso e enfeitiçado
o luar
merengue estrevelado
que engorda os bobós
do caminho
do coração de alguém vem
a mão que toca
entre no coração do outro
e corrige o batimento leve.

Confuso e obstinado, o coração
não segue o comando
continua a correr pelo caminho
ao som de uma canção
que respira devagar
no ritmo do andar de um trem
com as janelas fechadas
bloqueados com cinto de aço.

Continua a sonhar, o coração
engasgado pelas lembranças
somente um beijo de anjo
no caminho
o convencerá que agora
é tudo verdade

Ângela

(Notas)

1 Constância está se referindo à obra *A Divina Comédia*, de Dante Alighieri, escrita no início do século XIV e muito estudada até hoje nas escolas italianas, pois é considerada uma síntese de toda a cultura ocidental até aquela época, além de ser uma obra de grande valor estético e literário. Ela está dividida em três partes ou cânticos: Inferno, Purgatório e Paraíso, sendo a primeira a mais difundida. Cada um desses cânticos está dividido em 33 cantos que, somados a uma introdução, fazem um total de cem cantos. Dante criou um sistema arquitetônico e topográfico para esses espaços em que as ações se desenvolvem, com o Inferno estruturado em forma de funil e dividido em nove círculos, sendo o nono o mais distante da porta da entrada e, portanto, considerado o pior de todos. (N.T.)

2 A Boca da Verdade é uma antiga tampa de bueiro, feita em mármore e com um rosto esculpido, e que, desde 1632, está na parede da Igreja de Santa Maria in Cosmedin, em Roma. Conta a lenda que essa peça tem o poder da Verdade, funcionando como uma espécie de oráculo e, portanto, aquele que colocar a mão dentro da sua boca pode passar ileso se estiver falando a verdade ou ser severamente punido se estiver mentindo. (N.T.)

3 Na Itália, o uso de motos pouco potentes e pouco velozes, como as motonetas (mobilete, gareli, etc.) ou do tipo scooter (vespa ou lambreta) é muito comum entre os jovens, que podem obter sua primeira habilitação aos 14 anos de idade. No entanto, motos mais potentes e mais velozes, assim como carros, só podem ser usadas por quem tem 18 anos ou mais e mediante habilitação específica. Da mesma forma, carregar um passageiro na carona só é permitido a partir dessa idade. (N.T.)

4 A Guerra de Troia possivelmente foi um dos conflitos mais longos da história; um duelo entre gregos e troianos ocorrido entre os anos 1300 a.C. e 1200 a.C. (N.T.).

5 Festividade também cristã, celebrada no dia 26 de dezembro. Santo Estêvão foi o primeiro mártir do cristianismo. (N.T.)

6 A Ponte dos Suspiros é uma famosa ponte de Veneza que liga dois edifícios, o Palácio Ducal e o Palácio das Prisões – uma construção, como diz o nome, feita para abrigar prisioneiros. Tem esse nome porque, supostamente, os prisioneiros suspiravam ao passar por ela, sabendo que estavam se despedindo da sua liberdade, das suas vidas. (N.T.)

7 Renga é um tipo de poesia de origem japonesa que pode ser musicada e forma-se enquanto está sendo declarada ou cantada, a partir de um mote. Os trovadores medievais europeus faziam composições parecidas. No Brasil, algo similar é a música feita pelos repentistas e também pelos *rappers*, que surgiram originalmente entre as comunidades negras dos Estados Unidos, no final do século XX. (N.T.)

8 *Vaporetto* é uma embarcação coletiva, uma espécie de ônibus em forma de barco, típica de Veneza. (N.T.)

9 "Domenica", em italiano, significa "domingo". É um nome bastante usado na Itália, tanto no feminino quanto no masculino (Domenico). (N.T.)

10 O nome dessa cor deriva do nome Tiziano Vecelli, pintor italiano renascentista que viveu aproximadamente entre 1489 e 1586 e inovou o modo de pintar, demonstrando um grande interesse pela cor. Uma das cores mais usadas em sua obra foi o vermelho, um vermelho de tonalidade especial, elaborada com algumas ervas específicas e gema de ovo. (N.T.)

11 É uma música pop italiana de Vasco Rossi e Albachiara: Respiri piano per non far rumore / ti addormenti di sera, ti risvegli col sole / sei chiara come un'alba, sei fresca come l'aria. (N.T.)

12 Ver nota 1. (N.T.)

13 "Blob" é um programa diário de trinta minutos transmitido pelo canal Rai3, da Itália. É um programa de crítica política e social que se utiliza da ironia para denunciar fatos polêmicos. (N.T.)